Der letzte Kampf

Die »Chroniken von Narnia«
bestehen aus folgenden Bänden:

Das Wunder von Narnia
Der König von Narnia
Der Ritt nach Narnia
Prinz Kaspian von Narnia
Die Reise auf der Morgenröte
Der silberne Sessel
Der letzte Kampf

C. S. Lewis

Der letzte Kampf

Aus dem Englischen von
Wolfgang Hohlbein und Christian Rendel

ueberreuter

Published by Ueberreuter Verlag GmbH
under license from the C. S. Lewis Company Ltd.

Vollständige Taschenbuch-Ausgabe der 2019 in der
Ueberreuter Verlag GmbH, Berlin, erschienenen Buchausgabe
1. Auflage 2023

ISBN 978-3-7641-2007-8
Hardcover-Ausgabe
Der letzte Kampf. Band 7

978-3-7641-5183-6

Die Originalausgabe erschien
1956 unter dem Titel »The Last Battle«
bei Geoffrey Bles in Großbritannien

Aus dem Englischen von Wolfgang Hohlbein und Christan Rendel

Umschlaggestaltung: Vivien Heinz
Druck und Bindung: Livonia Print SIA, Lettland

Gedruckt auf Papier aus geprüfter nachhaltiger Forstwirtschaft.

www.ueberreuter.de
www.narnia.com

Der letzte Kampf

Inhalt

Am Kesselteich

In den letzten Tagen Narnias lebte weit oben im Westen, jenseits des Laternendickichts und nahe dem großen Wasserfall, ein Affe. Er war so alt, dass niemand mehr wusste, seit wann er schon in dieser Gegend lebte, und er war so schlau, hässlich und faltig, wie man sich einen Affen nur vorstellen kann. Er bewohnte ein kleines Haus aus Holz, mit einem Dach aus Blättern oben in der Krone eines hohen Baumes, und sein Name war Trix.

In jenem Teil des Waldes lebten nur sehr wenige sprechende Tiere, Menschen, Zwerge oder sonst irgendwelche Leute, aber Trix hatte einen Freund und Nachbarn, einen Esel namens Dussel. Zumindest sagten beide, sie wären Freunde. Aber so, wie sie miteinander umgingen, hätte man meinen können, dass Dussel eher Trix' Diener war als sein Freund. Er machte die ganze Arbeit. Wenn sie zusammen zum Fluss gingen, füllte Trix die Schläuche mit Wasser, aber Dussel war es, der sie nach Hause schleppte. Wenn sie etwas aus den Ortschaften brauchten, die weiter flussabwärts lagen, war es Dussel, der mit leeren Satteltaschen auf dem Rücken hinunterging und mit gefüllten, schweren Satteltaschen zurückkam. Und die besten Sachen, die Dussel mit nach Hause brachte, aß alle Trix auf; denn, so sagte er: »Weißt du, Dussel, ich kann nicht wie du Gras oder Disteln essen, also ist es nur recht und billig, wenn ich das auf andere Weise wettmache.« Und Dussel sagte immer: »Natürlich, Trix, natürlich, das verstehe ich.«

Dussel beschwerte sich nie, denn er wusste, dass Trix viel schlauer war als er, und er fand es sehr nett von Trix, dass er überhaupt mit ihm befreundet war. Und wenn Dussel doch einmal versuchte, irgendeinen Einwand zu erheben, sagte Trix immer: »Aber Dussel, ich weiß doch besser als du, was zu tun ist. Du weißt doch, dass du nicht sehr schlau bist, Dussel.« Und Dussel erwiderte dann: „Nein, Trix. Du hast recht. Ich bin wirklich nicht sehr schlau.« Dann seufzte er und tat, was immer Trix ihm gesagt hatte.

Eines Morgens im Frühjahr wanderten die beiden am Ufer des Kesselteichs entlang. Der Kesselteich ist der große Teich direkt am Fuß der Klippen am westlichen Rand Narnias. Der große Wasserfall ergießt sich in ihn mit einem Getöse wie ewiger Donner, und auf der anderen Seite tritt aus ihm der Fluss von Narnia hervor. Durch den Wasserfall ist der Teich immerzu am Tanzen und Schäumen und Brodeln, als koche er, und das war es natürlich, was ihm den Namen Kesselteich eintrug. Am lebhaftesten ist er zu Beginn des Frühlings, wenn der Wasserfall angeschwollen ist von der Schneeschmelze auf den Bergen droben, jenseits von Narnia in der Westlichen Wildnis, woher der Fluss kommt.

Und als sie den Kesselteich betrachteten, deutete Trix plötzlich mit seinem dünnen schwärzlichen Finger und sagte: »Schau! Was ist das?«

»Was ist was?«, fragte Dussel.

»Das gelbe Ding, das da gerade den Wasserfall heruntergekommen ist. Schau! Da ist es wieder, es schwimmt. Wir müssen herausfinden, was das ist.«

»Müssen wir?«, fragte Dussel.

»Natürlich müssen wir«, sagte Trix. »Vielleicht ist es etwas, was wir gebrauchen können. Komm, sei ein braver Bursche, hüpf in den Teich und fisch es heraus! Dann können wir es uns genauer anschauen.«

»Ich soll in den Teich hüpfen?«, fragte Dussel und zuckte mit seinen langen Ohren.

»Wie sollen wir den sonst drankommen?«, erwiderte der Affe.

»Aber – aber«, sagte Dussel, »wäre es nicht besser, wenn *du* hineingehen würdest? Du willst doch schließlich wissen, was das ist. Mich interessiert es nicht besonders. Außerdem hast du Hände, weißt du? Du bist so gut wie ein Mensch oder ein Zwerg, wenn es darum geht, etwas zu fassen zu kriegen. Ich habe bloß Hufe.«

»Also wirklich, Dussel«, erwiderte Trix, »ich hätte nie gedacht, dass du mal so etwas sagen würdest. Das hätte ich wirklich nicht von dir gedacht.«

»Wieso, was habe ich denn Falsches gesagt?«, fragte der Esel mit ganz kleinlauter Stimme, denn er merkte, dass Trix zutiefst beleidigt war. »Ich habe doch nur gemeint …«

»*Mich* ins Wasser schicken zu wollen«, sagte der Affe. »Als ob du nicht ganz genau wüsstest, was für eine schwache Brust Affen haben und wie leicht sie sich erkälten! Na schön. Dann gehe *ich* eben hinein. Mir ist sowieso schon kalt in diesem scheußlichen Wind. Aber ich gehe hinein. Wahrscheinlich hole ich mir den Tod. Dann wird es dir leidtun.« Und Trix' Stimme hörte sich an, als würde er jeden Moment in Tränen ausbrechen.

»O nein, bitte, bitte nicht!«, erhob Dussel ein Eselsgeschrei. »So habe ich das doch nicht gemeint, Trix, wirklich nicht. Du weißt doch, wie dumm ich bin und dass ich nie an mehr als eine Sache auf einmal denken kann. Deine schwache Brust hatte ich ganz vergessen.

Natürlich gehe ich hinein. Du darfst gar nicht daran denken, das selbst zu machen. Versprich mir, dass du es nicht tust, Trix.«

Trix versprach es und Dussel lief *kloppetiklopp* auf seinen vier Hufen am felsigen Ufer des Teichs entlang, um eine Stelle zu finden, wo er hineinkonnte. Abgesehen von der Kälte war es auch sonst kein Spaß, in dieses brodelnde und schäumende Wasser zu steigen, und Dussel stand eine ganze Minute lang zitternd da, bevor er sich dazu durchrang. Doch dann rief Trix ihm von hinten zu: »Vielleicht mache ich das doch lieber selbst, Dussel.« Als Dussel das hörte, sagte er: »Nein, nein. Du hast es versprochen. Ich bin schon drin.« Und er ging hinein.

Ein kräftiger Schwall Gischt schwappte ihm ins Gesicht, füllte ihm das Maul mit Wasser und nahm ihm die Sicht. Er ging ein paar Sekunden lang ganz unter, und als er wieder nach oben kam, befand er sich in einem ganz anderen Teil des Teiches. Dann erfasste ihn der Strudel und trug ihn immer im Kreis herum, schneller und schneller, bis er ihn direkt unter den Wasserfall selbst zog und die Gewalt der Wassermassen ihn in die Tiefe riss, so tief, dass er dachte, er könne unmöglich die Luft so lange anhalten, bis er wieder an die Oberfläche käme. Und als er wieder oben war und es endlich geschafft hatte, in die Nähe des Dings zu kommen, das er einzufangen versuchte, trieb es von ihm weg, bis es ebenfalls unter den Wasserfall geriet und hinunter auf den Grund gedrückt wurde. Als es wieder zum Vorschein kam, war es weiter von ihm weg als je zuvor.

Endlich jedoch, als er schon fast zu Tode erschöpft, am ganzen Leib zerschunden und ganz taub vor Kälte war, gelang es ihm, das Ding mit den Zähnen zu packen. Als er aus dem Wasser stieg und es vor sich hertrug, verfing er sich mit den Vorderhufen darin, denn es war so groß wie ein großer Kaminvorleger und es war sehr schwer und kalt und glitschig.

Er warf es vor Trix hin und stand tropfnass und zitternd da und versuchte wieder zu Atem zu kommen. Doch der Affe sah ihn nicht an und fragte ihn nicht einmal, wie es ihm gehe. Er war viel zu sehr damit beschäftigt, um das Ding herumzulaufen und es auszubreiten und zu betasten und zu beschnüffeln. Dann trat ein verschlagener Glanz in seine Augen und er sagte:

»Das ist ein Löwenfell.«

»Iih – aah – aah – ach, wirklich?«, keuchte Dussel.

»Ich frage mich … ich frage mich … ich frage mich«, murmelte Trix vor sich hin, denn er überlegte angestrengt.

»Ich frage mich, wer wohl den armen Löwen getötet hat«, sagte Dussel plötzlich. »Er sollte begraben werden. Wir müssen ein Begräbnis abhalten.«

»Ach, das war doch kein Sprechender Löwe«, sagte Trix. »*Darüber* brauchst du dir keine Gedanken zu machen. Es gibt keine Sprechenden Tiere da oben jenseits der Wasserfälle, in der Westlichen Wildnis. Dieses Fell muss einem stummen, wilden Löwen gehört haben.«

Das stimmte übrigens. Ein Jäger, ein Mensch, hatte diesen Löwen einige Monate zuvor oben in der Westlichen Wildnis erlegt und gehäutet. Aber das hat nichts mit dieser Geschichte zu tun.

»Trotzdem, Trix«, sagte Dussel. »Auch wenn das Fell nur einem stummen, wilden Löwen gehört hat, sollten wir ihm nicht ein anständiges Begräbnis geben? Ich meine, sind nicht alle Löwen ziemlich … na ja, ziemlich ehrwürdig? Wegen, du weißt schon weswegen. Meinst du nicht?«

»Jetzt mach dir mal keine Gedanken, Dussel«, sagte Trix. »Denn weißt du, das Denken ist nicht deine Stärke. Wir machen daraus einen schönen warmen Wintermantel für dich.«

»Ach, ich weiß nicht, das wäre mir nicht recht«, sagte der Esel. »Das würde doch … ich meine, was sollen denn die anderen Tiere denken – also, ich käme mir ja vor wie …«

»Was redest du denn da?«, unterbrach ihn Trix und kratzte sich gegen den Strich, wie Affen es tun.

»Ich glaube, das wäre respektlos gegenüber dem Großen Löwen, gegenüber Aslan selbst, wenn ein Esel wie ich in ein Löwenfell gekleidet umherliefe«, sagte Dussel.

»Jetzt komm mir bitte nicht mit Einwänden«, sagte Trix. »Was versteht schon ein Esel wie du von solchen Dingen? Du weißt doch, dass du nicht gut im Denken bist, Dussel, also lass mich für dich denken. Warum behandelst du mich nicht so, wie ich dich behandle? Ich bilde mir nicht ein, dass ich alles kann; ich weiß, dass du in manchen Dingen besser bist als ich. Deshalb habe ich dich in den Teich gehen lassen, weil ich wusste, dass du das besser machen würdest als ich. Aber wieso kann ich nicht meinen Teil beitragen, wenn es um etwas geht, was *ich* kann und du nicht? Darf ich denn nie auch mal etwas tun? Sei doch fair. Eine Hand wäscht die andere.«

»Aber ja, natürlich, wenn du es so siehst«, sagte Dussel.

»Weißt du was?«, schlug Trix vor. »Du trabst jetzt am besten schön flott hinunter nach Kaupenfurt und schaust, ob es da Orangen oder Bananen gibt.«

»Aber Trix, ich bin so müde«, flehte Dussel.

»Ja, aber du bist ganz nass und durchgefroren«, sagte

der Affe. »Du musst dich ein bisschen aufwärmen. Ein flotter Trab wäre jetzt genau das Richtige. Außerdem ist heute Markt in Kaupenfurt.« Daraufhin sagte Dussel natürlich, er werde gehen.

Sobald er allein war, watschelte Trix los, mal auf zwei Pfoten, mal auf allen vieren, bis er seinen Baum erreichte. Dann schwang er sich von Ast zu Ast nach oben, wobei er immerzu schnatterte und grinste, und verschwand in seinem kleinen Haus. Dort suchte er sich Nadel und Faden und eine große Schere; er war nämlich ein kluger Affe, und die Zwerge hatten ihm beigebracht, wie man näht. Er steckte sich das Fadenknäuel (es war ziemlich dickes Zeug, mehr wie eine Schnur als ein Faden) in den Mund, sodass sich seine Wange ausbeulte, als lutsche er gerade ein großes Karamellbonbon. Die Nadel klemmte er sich zwischen die Lippen und die Schere nahm er in die linke Pfote. Dann hangelte er sich den Baum hinab und watschelte wieder zurück zu dem Löwenfell. Er hockte sich hin und machte sich an die Arbeit.

Schnell erkannte er, dass der Rücken des Löwenfells für Dussel zu lang und der Hals zu kurz sein würde. Also schnitt er ein großes Stück aus dem Rücken heraus und machte daraus einen langen Kragen für Dussels langen Hals. Dann schnitt er den Kopf ab und nähte den Kragen zwischen dem Kopf und den Schultern ein. Er befestigte Schnüre an beiden Seiten des Fells, damit man es unter Dussels Brust und Bauch zusammenbinden konnte. Hin und wieder, wenn ein Vogel über ihn hinwegflog, hielt Trix mit seiner Arbeit inne und blickte ängstlich nach oben. Er wollte nicht, dass jemand sah, was er da machte. Doch da keiner der Vögel, die er sah, ein Sprechender Vogel war, spielte es keine Rolle.

Am späten Nachmittag kam Dussel zurück. Er trabte nicht, sondern stapfte geduldig dahin, wie Esel es tun.

»Es gab keine Orangen«, sagte er, »und Bananen auch nicht. Und ich bin sehr müde.« Er legte sich hin.

»Komm, probier mal deinen schönen neuen Löwenfellmantel an«, sagte Trix.

»Ach, dieses blöde alte Fell«, sagte Dussel. »Ich probiere es morgen früh an. Heute Abend bin ich zu müde.«

»Das ist aber gar nicht nett, Dussel«, erwiderte Trix. »Wenn *du* müde bist, was glaubst du denn, was ich bin? Während du den ganzen Tag lang einen herrlich erfrischenden Spaziergang durchs Tal gemacht hast, habe ich mich abgerackert, um dir einen Mantel zu machen. Meine Pfoten sind so müde, dass ich kaum noch diese Schere halten kann. Und du willst nicht einmal Danke sagen … und willst dir den Mantel nicht einmal anschauen … und dir ist das alles ganz egal … und … und …«

»Mein lieber Trix«, sagte Dussel und stand sofort auf. »Es tut mir so leid. Ich habe mich scheußlich benommen. Natürlich probiere ich ihn gerne an. Er sieht wirklich prächtig aus. Zieh ihn mir gleich an! Bitte!«

»Na dann, halt still«, sagte der Affe. Er hatte große Mühe, das Fell hochzuheben, aber nach viel Gezerre und Geschiebe und Gekeuche und Geschnaufe hatte er es dem Esel schließlich angelegt. Er band es unter Dussels Leib zusammen und befestigte die Beine an Dussels Beinen und den Schwanz an Dussels Schwanz. Durch das offene Maul des Löwenkopfes war noch einiges von Dussels grauer Schnauze und seinem Gesicht zu sehen. Wer schon einmal einen echten Löwen gesehen hatte, hätte sich keinen Augenblick lang täuschen lassen. Doch wenn man noch nie einen Löwen gesehen hatte und Dussel in seinem Löwenfell erblickte, hätte man ihn vielleicht für einen Löwen halten können; vorausgesetzt, man ging nicht zu nahe heran, das Licht war nicht besonders gut und Dussel stieß kein Iah aus oder machte irgendwelche Geräusche mit seinen Hufen.

»Du siehst wunderbar aus, wunderbar«, sagte der Affe. »Wenn jemand dich jetzt sehen könnte, würde er denken, du wärst Aslan selbst, der Große Löwe.«

»Das wäre ja schrecklich«, sagte Dussel.

»Nein, wäre es nicht«, sagte Trix. »Dann würden alle tun, was du ihnen sagst.«

»Aber ich will ihnen doch gar nichts sagen.«

»Aber denk doch, wie viel Gutes wir tun könnten!«, erwiderte Trix. »Du hättest ja mich als Berater, weißt du. Ich würde mir schon vernünftige Befehle ausdenken, die du geben könntest. Und alle müssten uns gehorchen, sogar der König selbst. Wir würden in Narnia Ordnung schaffen.«

»Aber herrscht denn in Narnia keine Ordnung?«, fragte Dussel.

»Wie?«, rief Trix. »Nennst du das Ordnung, wenn es nicht einmal Orangen oder Bananen gibt?«

»Also weißt du«, sagte Dussel, »es gibt nicht viele Leute – außer dir kenne ich eigentlich gar keinen –, die solche Sachen haben wollen.«

»Aber denk doch mal an Zucker«, sagte Trix.

»Hm, ja«, sagte der Esel. »Es wäre schön, wenn es mehr Zucker gäbe.«

»Na, dann wäre das ja geklärt«, sagte der Affe. »Du wirst so tun, als wärst du Aslan, und ich sage dir, was du sagen musst.«

»Nein, nein, nein«, widersprach Dussel. »Sag nicht so scheußliche Sachen. Das wäre unrecht, Trix. Mag sein, dass ich nicht sehr schlau bin, aber so viel weiß ich schon. Was würde mit uns passieren, wenn der richtige Aslan auftauchen würde?«

»Ich nehme an, er würde sich sehr freuen«, sagte Trix. »Wahrscheinlich hat er uns das Löwenfell mit Absicht geschickt, damit wir Ordnung schaffen können. Außerdem taucht er sowieso nie auf, weißt du? Heutzutage nicht mehr.«

In diesem Moment gab es direkt über ihnen einen mächtigen Donnerschlag und der Boden erzitterte von einem leichten Erdbeben. Beide Tiere verloren das Gleichgewicht und wurden zu Boden geschleudert.

»Siehst du!«, keuchte Dussel, sobald er wieder Luft zum Sprechen hatte. »Das war ein Zeichen, eine Warnung. Ich wusste, dass wir etwas furchtbar Böses tun. Nimm mir sofort dieses schreckliche Fell ab.«

»Nein, nein«, sagte der Affe (der blitzschnell denken konnte). »Das Zeichen besagt genau das Gegenteil. Ich wollte gerade sagen: Wenn der echte Aslan, wie du ihn nennst, will, dass wir diesen Plan durchführen, dann wird er uns einen Donnerschlag und ein Erdbeben schicken. Es lag mir gerade auf der Zunge, nur kam das Zeichen schon, bevor ich die Worte aussprechen konnte. Jetzt *musst* du es machen, Dussel. Und bitte lass uns nicht mehr darüber streiten. Du weißt doch, dass du von solchen Dingen nichts verstehst. Was weiß schon ein Esel von Zeichen?«

Die Unbesonnenheit des Königs

Ungefähr drei Wochen später saß der Letzte der Könige von Narnia unter der großen Eiche, die neben der Tür seiner kleinen Jagdhütte stand, wo er sich während des milden Frühlingswetters oft für zehn Tage oder so aufhielt. Sie war ein niedriges, strohgedecktes Gebäude, nicht weit vom östlichen Rand des Laternendickichts und ein Stück oberhalb der Stelle, wo die beiden Flüsse ineinander mündeten.

Er liebte sein einfaches und behagliches Leben hier, fernab vom Prunk und Pomp der Königsstadt Cair Paravel. Sein Name war König Tirian und er war zwischen zwanzig und fünfundzwanzig Jahre alt; seine Schultern waren jetzt schon breit und stark und seine Glieder voller kräftiger Muskeln, doch sein Bart war noch spärlich. Er hatte blaue Augen und ein furchtloses, ehrliches Gesicht.

Außer seinem besten Freund, dem Einhorn Saphir, war niemand an diesem Frühlingsmorgen bei ihm. Sie liebten einander wie Brüder und jeder hatte dem anderen in manchen Kriegen das Leben gerettet. Das edle Tier stand dicht neben dem Stuhl des Königs, bog den Hals nach hinten und polierte sein blaues Horn an seiner sahnig weißen Flanke.

»Ich habe heute weder Sinn für Arbeit noch für Kurzweil, Saphir«, sagte der König. »Mir geht immerzu diese wunderbare Nachricht durch den Kopf. Glaubst du, wir werden heute noch mehr darüber hören?«

»Es ist die wunderbarste Kunde, die seit den Tagen unserer Väter und Großväter je zu hören war, Sire«, sagte Saphir, »wenn sie wahr ist.«

»Wie könnte sie etwas anderes sein als wahr?«, erwiderte der König. »Es ist über eine Woche her, dass die ersten Vögel über uns hinwegzogen und riefen: Aslan ist hier, Aslan ist nach Narnia zurückgekehrt! Und danach kamen die Eichhörnchen. Sie haben ihn selbst nicht gesehen, aber sie sagten, es sei gewiss, dass er in den Wäldern sei. Dann kam der Hirsch. Er sagte, er habe ihn mit seinen eigenen Augen gesehen, weit entfernt im Mondlicht im Laternendickicht. Dann kam jener dunkelhäutige Mann mit dem Bart, der Kaufmann aus Kalormen. Die Kalormenen scheren sich nicht um Aslan wie wir; aber der Mann sprach davon, als gebe es nicht den geringsten Zweifel. Und gestern Abend kam der Dachs; auch er hat Aslan gesehen.«

»Fürwahr, Sire«, antwortete Saphir, »ich glaube das alles. Wenn es nicht so erscheint, liegt es nur daran, dass meine Freude zu groß ist, als dass mein Glaube sich festigen könnte. Es ist fast zu schön, um es zu glauben.«

»Ja«, sagte der König mit einem mächtigen Seufzer, fast einem Schaudern des Entzückens. »Es ist mehr, als ich mir je in meinem ganzen Leben erhofft habe.«

»Horcht!«, sagte Saphir, legte den Kopf schief und reckte die Ohren nach vorn.

»Was ist?«, fragte der König.

»Hufschlag, Sire«, erwiderte Saphir. »Ein galoppierendes Pferd. Ein sehr schweres Pferd. Es muss einer der Zentauren sein. Und schaut, dort ist er.«

Ein großer Zentaur mit goldenem Bart, die Stirn mit Menschenschweiß und die kastanienbraunen Flanken mit Pferdeschweiß bedeckt, jagte auf den König zu, blieb stehen und verneigte sich tief. »Seid gegrüßt, mein König!«, rief er mit einer Stimme, so tief wie die eines Stiers.

»Hallo, da drinnen!«, rief der König über die Schulter nach hinten zur Tür der Jagdhütte. »Eine Schale Wein für den edlen Zentauren. – Willkommen, Runwit. Wenn du wieder zu Atem gekommen bist, kannst du uns deine Botschaft ausrichten.«

Aus dem Haus erschien ein Page mit einer großen Holzschale voller eigentümlicher Schnitzereien und reichte sie dem Zentauren.

Der Zentaur erhob die Schale und sagte: »Ich trinke erstens auf Aslan und die Wahrheit, Sire, und zweitens auf Eure Majestät.« Er leerte den Wein (der für sechs starke Männer gereicht hätte) in einem Zug und gab dem Pagen die leere Schale zurück.

»Nun, Runwit«, sagte der König. »Bringst du uns weitere Nachricht von Aslan?«

Runwit machte ein sehr ernstes Gesicht und runzelte ein wenig die Stirn.

»Sire«, sagte er. »Ihr wisst, wie lange ich schon lebe und die Sterne beobachte; denn wir Zentauren leben länger als ihr Menschen und sogar noch länger als eure Art, Einhorn. Noch nie in all meinen Tagen habe ich je so schreckliche Dinge am Himmel geschrieben gesehen, wie sie nun jede Nacht seit Beginn dieses Jahres zu sehen waren. Die Sterne sagen nichts vom Kommen Aslans und nichts von Frieden oder von Freude. Meine Kunst sagt mir, dass es seit fünfhundert Jahren nicht mehr solch unheilvolle Konjunktionen der Planeten gegeben hat. Ich hatte vorher beschlossen herzukommen und Eure Majestät zu warnen, dass ein großes Unglück über Narnia schwebt. Doch gestern Abend erreichte mich das Gerücht, Aslan sei in Narnia unterwegs. Sire, glaubt diese Geschichte nicht. Es kann nicht sein. Die Sterne lügen niemals, doch Menschen und Tiere tun es. Käme Aslan tatsächlich nach Narnia, so hätte der Himmel es vorausgesagt. Wäre er wirklich gekommen, so hätten sich all die gütigsten Sterne zu seiner Ehre versammelt. Es ist alles Lüge.«

»Lüge!«, erwiderte der König erbost. »Welches Geschöpf in Narnia oder auf der ganzen Welt würde es wagen, in einer solchen Angelegenheit zu lügen?« Und ohne es zu merken, legte er seine Hand auf den Griff seines Schwertes.

»Das weiß ich nicht, mein König«, sagte der Zentaur. »Aber ich weiß, dass es Lügner auf der Erde gibt; unter den Sternen gibt es keine.«

»Ich frage mich«, sagte Saphir, »ob Aslan nicht gekommen sein könnte, auch wenn alle Sterne etwas anderes voraussagen. Er ist nicht der Sklave der Sterne, sondern ihr Schöpfer. Heißt es nicht in all den alten Geschichten, dass er kein zahmer Löwe ist?«

»Wohlgesprochen, wohlgesprochen, Saphir!«, rief der König. »Das sind genau die Worte: *kein zahmer Löwe.* So heißt es in vielen Geschichten.«

Runwit hatte gerade die Hand erhoben und beugte sich vor, um sehr ernst etwas zum König zu sagen, als alle drei die Köpfe drehten, um auf einen klagenden Laut zu lauschen, der rasch näher kam. Der Wald war in westlicher Richtung so dicht, dass sie den Ankömmling noch nicht sehen konnten. Doch bald konnten sie die Worte verstehen.

»Weh, weh, weh!«, rief die Stimme. »Weh um meine Brüder und Schwestern! Weh um die heiligen Bäume! Die Wälder werden verwüstet. Die Axt ist auf uns losgelassen. Wir werden gefällt. Herrliche Bäume fallen und fallen und fallen.«

Mit dem letzten »fallen« kam die Ruferin in Sicht. Sie

sah aus wie eine Frau, aber so groß, dass ihr Kopf auf gleicher Höhe mit dem des Zentauren war, doch zugleich war sie wie ein Baum. Es ist schwer zu erklären, wenn ihr noch nie eine Dryade gesehen habt, doch wenn, dann ist es unverkennbar – die Hautfarbe, die Stimme und die Haare sind ganz andersgeartet. König Tirian und die beiden Tiere erkannten sie sofort als die Nymphe einer Buche.

»Gerechtigkeit, mein König!«, rief sie. »Kommt uns zu Hilfe. Beschützt Euer Volk. Sie fällen uns im Laternendickicht. Vierzig mächtige Stämme meiner Brüder und Schwestern liegen bereits auf dem Boden.«

»Was höre ich da! Im Laternendickicht wird gefällt? Sprechende Bäume werden ermordet?«, rief der König, sprang auf und zog sein Schwert. »Wie können sie es wagen? Und wer wagt es? Bei der Mähne Aslans …«

»A-a-a-h«, stieß die Dryade hervor und zuckte wie unter Schmerzen – mehrmals hintereinander, als ob sie wiederholt geschlagen würde. Dann fiel sie ganz plötzlich seitwärts um, als wären beide Füße unter ihr weggehackt worden. Einen Moment lang sahen sie sie tot im Gras liegen; dann verschwand sie. Sie wussten, was geschehen war. Ihr Baum, meilenweit entfernt, war gefällt worden.

Einen Augenblick lang war der König so von Trauer und Zorn überwältigt, dass er nicht sprechen konnte. Dann sagte er: »Kommt, Freunde. Wir müssen flussaufwärts und die Übeltäter ausfindig machen, die das getan haben, so schnell wir irgend können. Ich werde keinen von ihnen am Leben lassen.«

»Sire, so sei es«, sagte Saphir.

Doch Runwit erwiderte: »Sire, seid achtsam in Eurem gerechten Zorn. Es gehen seltsame Dinge vor. Sollte es weiter oben im Tal bewaffnete Rebellen geben, so wären wir drei zu wenige, um ihnen entgegenzutreten. Wenn Ihr geruhen wollt, noch etwas zu warten, bis …«

»Nicht den zehnten Teil einer Sekunde werde ich warten«, sagte der König. »Aber während Saphir und ich vorausgehen, galoppiere du, so schnell du kannst, nach Cair Paravel. Hier hast du meinen Ring als Zeichen. Hol mir zwanzig bewaffnete Männer, wohlberitten, und zwanzig Sprechende Hunde und zehn Zwerge (todbringende Bogenschützen müssen es sein) und vielleicht einen Leoparden und den Riesen Steinfuß. Mit diesen kommst du uns so schnell wie möglich nach.«

»So sei es, Sire«, erwiderte Runwit. Und sogleich machte er kehrt und galoppierte ostwärts das Tal hinab.

Der König schritt eilends aus; manchmal murmelte er dabei vor sich hin und manchmal ballte er die Fäuste. Saphir ging neben ihm her und sagte nichts, sodass sie keinen Laut von sich gaben, außer dem leisen Klingeln der prächtigen Goldkette, die das Einhorn um den Hals trug, und dem Geräusch von zwei Füßen und vier Hufen.

Bald erreichten sie den Fluss und nahmen einen grasbewachsenen Weg flussaufwärts; das Wasser lag zu ihrer Linken, der Wald zu ihrer Rechten. Kurz darauf kamen sie an die Stelle, wo der Boden unebener wurde und dichtes Gehölz bis ans Ufer heranwuchs. Der Weg, wenn man ihn so nennen wollte, verlief nun am südlichen Ufer weiter und sie mussten den Fluss durchwaten, um ihn zu erreichen.

Das Wasser reichte Tirian bis zu den Achseln, doch Saphir (der mit seinen vier Beinen einen festeren Stand hatte) hielt sich zu seiner Rechten, um die Kraft der Strömung zu brechen, und Tirian legte seinen starken

Arm um den starken Hals des Einhorns, sodass sie beide sicher hinüberkamen. Der König war immer noch so zornig, dass er die Kälte des Wassers kaum spürte. Dennoch trocknete er natürlich, sobald sie das Ufer erreicht hatten, sorgfältig sein Schwert auf der Schulter seines Umhangs, die die einzige trockene Stelle an ihm war.

Nun gingen sie nach Westen, mit dem Fluss zu ihrer Rechten und dem Laternendickicht direkt vor ihnen. Sie waren noch nicht weiter als eine Meile gegangen, als beide im selben Moment stehen blieben und etwas sagten. Der König sagte: »Was haben wir denn da?« und Saphir sagte: »Schaut!«

»Das ist ein Floß«, sagte König Tirian.

Und so war es. Ein halbes Dutzend prächtige Baumstämme, alle frisch geschlagen und frisch von ihren Ästen befreit, waren miteinander zu einem Floß vertäut worden und glitten rasch den Fluss hinab. Vorne auf dem Floß stand eine Wasserratte, die es mit einem Stecken lenkte.

»He! Wasserratte! Was treibst du da?«, rief der König.

»Ich bringe die Stämme flussabwärts, um sie an die Kalormenen zu verkaufen, Sire«, sagte die Ratte und tippte sich ans Ohr, wie sie sich vielleicht an die Mütze getippt hätte, wenn sie eine aufgehabt hätte.

»An die Kalormenen!«, donnerte Tirian. »Was soll das heißen? Auf wessen Befehl sind diese Bäume gefällt worden?«

Die Strömung des Flusses war um diese Jahreszeit so schnell, dass das Floß bereits am König und an Saphir vorbeigeglitten war. Doch die Wasserratte sah über ihre Schulter zurück und rief: »Auf Befehl des Löwen, Sire. Aslan selbst war es.« Sie fügte noch etwas hinzu, doch sie konnten es nicht mehr verstehen.

Der König und das Einhorn starrten einander an und beiden stand mehr Furcht in die Gesichter geschrieben als je zuvor in allen ihren Schlachten.

»Aslan«, sagte der König schließlich mit kaum hörbarer Stimme. »Aslan. Kann das wahr sein? Ist es möglich, dass er die heiligen Bäume fällt und die Dryaden ermordet?«

»Es sei denn, die Dryaden hätten alle ein furchtbares Verbrechen begangen …«, murmelte Saphir.

»Aber sie an die Kalormenen zu verkaufen!«, sagte der König. »Ist das möglich?«

»Ich weiß es nicht«, sagte Saphir unglücklich. »Er ist kein *zahmer* Löwe.«

»Nun«, sagte der König schließlich, »wir müssen weiter und uns dem Abenteuer stellen, das auf uns zukommt.«

»Das ist das Einzige, was wir noch tun können, Sire«, sagte das Einhorn. Im Augenblick dachte es gar nicht daran, wie töricht es war, dass sie beide allein weitergingen; der König tat es ebenso wenig. Sie waren zu zornig, um klar zu denken. Doch aus ihrer Unbesonnenheit entstand am Ende viel Unheil.

Plötzlich stützte der König sich schwer auf den Hals seines Freundes und neigte den Kopf.

»Saphir«, sagte er, »was liegt vor uns? Entsetzliche Gedanken machen sich in meinem Herzen breit. Wären wir vor dem heutigen Tag gestorben, so wäre es unser Glück gewesen.«

»Ja«, sagte Saphir. »Wir haben zu lange gelebt. Das Allerschlimmste ist über uns gekommen.« So blieben sie eine oder zwei Minuten stehen; dann gingen sie weiter.

Nicht lange danach hörten sie das *hack-hack-hack* von Äxten auf Holz, obwohl sie wegen des ansteigenden Geländes vor ihnen noch nichts sehen konnten. Als sie die Kuppe erreichten, blickten sie direkt ins Laternendickicht hinein. Und das Gesicht des Königs wurde bleich, als er es sah.

Geradewegs mitten durch den uralten Wald – jenen Wald, wo einst goldene und silberne Bäume gewachsen waren und ein Kind aus unserer Welt den Baum der Bewahrung gepflanzt hatte – war bereits eine breite Schneise geschlagen worden. Es war eine scheußliche Schneise, wie eine offene Wunde in der Landschaft, voller Schlammfurchen von den gefällten Stämmen, die hinunter zum Fluss gezerrt worden waren.

Eine große Schar von Leuten war an der Arbeit, Peitschen knallten und Pferde zerrten mit aller Kraft an der Last der Baumstämme. Als Erstes fiel dem König und dem Einhorn auf, dass etwa die Hälfte der Schar keine Sprechenden Tiere, sondern Menschen waren. Als Nächstes, dass es keine hellhaarigen Menschen aus Narnia waren; es waren bärtige dunkle Männer aus Kalormen, jenem großen, harschen Land, das hinter Archenland jenseits der Wüste im Süden liegt. Natürlich gab es keinen Grund, warum man nicht in Narnia dem einen oder anderen Kalormenen begegnen sollte – einem Kaufmann oder Botschafter vielleicht –, denn in jenen Tagen herrschte Frieden zwischen Narnia und Kalormen. Doch Tirian konnte nicht verstehen, warum so viele von ihnen da waren; geschweige denn warum sie einen narnianischen Wald rodeten. Er packte sein Schwert fester und wickelte seinen Umhang um seinen linken Arm. Bald darauf waren sie unten bei den Menschen.

Zwei Kalormenen trieben ein Pferd an, das vor einen Baumstamm geschirrt war. Als der König sie erreichte, war der Stamm gerade an einer schlammigen

Stelle stecken geblieben. Das Pferd legte sich bereits mit aller Kraft ins Zeug; seine Augen waren rot und seine Flanken schaumbedeckt.

»Mach schon, du faules Vieh«, schrie einer der Kalormenen; und während er sprach, schlug er wild mit seiner Peitsche auf das Pferd ein. In diesem Moment passierte etwas wirklich Furchtbares.

Bisher hatte Tirian es als selbstverständlich angenommen, dass die Pferde, die die Kalormenen für sich arbeiten ließen, ihre eigenen Pferde waren; stumme, unverständige Tiere wie die Pferde in unserer eigenen Welt. Und obwohl es ihm zuwider war, wenn ein Pferd übermäßig strapaziert wurde, auch wenn es nur ein stummes Pferd war, dachte er natürlich vorrangig an den Mord an den Bäumen. Ihm wäre nie der Gedanke gekommen, dass jemand es wagen könnte, einem der freien, Sprechenden Pferde von Narnia Zaumzeug anzulegen, geschweige denn, es zu peitschen. Doch als der grausame Hieb das Pferd traf, bäumte es sich auf und schrie: »Du Narr und Tyrann! Siehst du nicht, dass ich tue, was ich kann?«

Als Tirian begriff, dass das Pferd einer seiner eigenen Narnianen war, kam über ihn und Saphir ein so übermächtiger Zorn, dass sie nicht mehr wussten, was sie taten. Das Schwert des Königs flog empor, das Horn des Einhorns senkte sich. Gemeinsam stürmten sie vorwärts. Im nächsten Moment lagen beide Kalormenen tot auf dem Boden, einer von Tirians Schwert enthauptet, der andere von Saphirs Horn durchbohrt.

Der Affe in seiner Herrlichkeit

»Meister Pferd, Meister Pferd«, sagte Tirian, während er hastig das Zaumzeug durchschnitt, »wie kamen diese Fremden dazu, dich zu versklaven? Ist Narnia besetzt? Hat es eine Schlacht gegeben?«

»Nein, Sire«, keuchte das Pferd. »Aslan ist hier. Es geschieht alles auf seine Anweisung. Er hat befohlen …«

»Vorsicht, Gefahr, mein König«, sagte Saphir. Tirian blickte auf und sah, dass nun aus allen Richtungen Kalormenen (zusammen mit ein paar Sprechenden Tieren) auf sie zu gerannt kamen. Die beiden Toten waren ohne einen Laut gestorben, sodass es einen Moment gedauert hatte, bevor die übrige Schar merkte, was geschehen war. Doch nun hatten sie es bemerkt. Die meisten von ihnen hielten ihre gezückten Krummsäbel in der Hand.

»Rasch. Auf meinen Rücken«, sagte Saphir.

Der König schwang sich auf den Rücken seines alten Freundes, der kehrtmachte und davongaloppierte. Er änderte zwei- oder dreimal die Richtung, sobald sie außer Sichtweite ihrer Feinde waren, überquerte einen Bach und rief dann, ohne seine Schritte zu verlangsamen: »Wohin, Sire? Nach Cair Paravel?«

»Bleib stehen, mein Freund«, sagte Tirian. »Lass mich absteigen.« Er glitt vom Rücken des Einhorns und trat vor es.

»Saphir«, sagte der König. »Wir haben eine furchtbare Tat begangen.«

»Wir wurden arg gereizt«, erwiderte Saphir.

»Aber sie ohne Warnung anzufallen – ohne sie zur Rede zu stellen –, während sie unbewaffnet waren – pfui! Wir sind beide Mörder, Saphir. Ich bin für immer entehrt.«

Saphir ließ den Kopf sinken. Auch er schämte sich.

»Und dann«, fuhr der König fort, »sagte das Pferd, es sei Aslans Befehl gewesen. Die Ratte sagte dasselbe. Alle behaupten, Aslan sei hier. Was ist, wenn es nun wahr wäre?«

»Aber Sire, wie *könnte* Aslan so furchtbare Dinge befehlen?«

»Er ist kein *zahmer* Löwe«, sagte Tirian. »Woher sollen wir wissen, was er tun würde? Wir, die wir Mörder sind. Saphir, ich werde zurückgehen. Ich übergebe mein Schwert und begebe mich in die Hände dieser Kalormenen und werde sie bitten, mich vor Aslan zu bringen. Er soll Gerechtigkeit an mir üben.«

»Dann geht Ihr in Euren Tod«, sagte Saphir.

»Meinst du, ich sorge mich darum, ob Aslan mich zum Tode verurteilt?«, sagte der König. »Das wäre nichts, gar nichts. Wäre es nicht besser, tot zu sein, als diese entsetzliche Furcht zu haben, dass Aslan gekommen ist und dass er nicht so ist wie der Aslan, an den wir geglaubt und den wir herbeigesehnt haben? Es ist, als ginge eines Morgens die Sonne auf und es wäre eine schwarze Sonne.«

»Ich weiß«, sagte Saphir. »Oder als tränke man Wasser und es wäre *trockenes* Wasser. Ihr habt recht, Sire. Dies ist das Ende aller Dinge. Gehen wir und ergeben wir uns.«

»Es ist nicht nötig, dass wir beide gehen.«

»Wenn wir einander je geliebt haben, lasst mich jetzt mit Euch gehen«, sagte das Einhorn. »Wenn Ihr tot seid und Aslan nicht Aslan ist, was für ein Leben bleibt mir dann noch?«

So machten sie kehrt und gingen unter bitteren Tränen gemeinsam zurück.

Sobald sie die Stelle erreichten, wo die Arbeiten im Gange waren, ging ein Aufschrei durch die Kalormenen und sie kamen ihnen mit Waffen in den Händen entgegen. Doch der König hielt ihnen sein Schwert mit dem Griff voraus entgegen und sagte: »Ich, der ich König von Narnia war und nun ein entehrter Ritter bin, liefere mich Aslans Gerechtigkeit aus. Bringt mich vor ihn.«

»Und ich liefere mich ebenfalls aus«, sagte Saphir.

Daraufhin wurden sie von einer dichten Menge dunkelhäutiger Männer eingekreist, die nach Knoblauch und Zwiebeln rochen und deren weiße Augen furchterregend in ihren braunen Gesichtern blitzten. Sie legten ein Halfter um Saphirs Hals. Dem König nahmen sie das Schwert ab und fesselten ihm die Hände auf den Rücken. Einer der Kalormenen, der statt eines Turbans einen Helm trug und offenbar das Kommando führte, riss den goldenen Reif von Tirians Kopf und verstaute ihn hastig irgendwo in seinem Gewand. Dann führten sie die Gefangenen bergauf zu einer Stelle, wo sich eine große Lichtung befand. Und dort sahen die Gefangenen dies:

In der Mitte der Lichtung, die zugleich der höchste Punkt des Hügels war, stand eine kleine, strohgedeckte Hütte, ähnlich wie ein Stall. Ihre Tür war geschlossen. Vor der Tür saß ein Affe im Gras. Tirian und Saphir, die erwartet hatten, Aslan zu sehen, und von einem Affen noch nichts gehört hatten, betrachteten ihn verwirrt. Der Affe war natürlich kein anderer als Trix, aber er sah noch zehnmal hässlicher aus als zuvor, als er noch am Kesselteich gelebt hatte, denn jetzt hatte er sich verkleidet. Er trug eine scharlachrote Jacke, die ihm nicht sehr gut passte, da sie für einen Zwerg gemacht worden war. An den hinteren Pfoten trug er edelsteinbesetzte Pantoffeln, die nicht richtig halten wollten, denn die Hinterpfoten eines Affen sehen, wie ihr wisst, eher wie Hände aus. Auf dem Kopf hatte er etwas, das aussah wie eine Papierkrone. Neben ihm lag ein großer Haufen Nüsse, und er knackte unentwegt Nüsse mit den Zähnen und spuckte die Schalen aus. Außerdem zog er ständig die scharlachrote Jacke hoch, um sich zu kratzen.

Vor ihm stand eine große Schar Sprechender Tiere, die ihn fast alle mit bedrückten und verwirrten Gesichtern ansahen. Als sie sahen, wer die Gefangenen waren, fingen alle an zu stöhnen und zu jammern.

»O Lord Trix, Sprachrohr Aslans«, sagte der Hauptmann der Kalormenen. »Wir bringen dir Gefangene. Durch unser Geschick und unsere Tapferkeit und durch die Gunst des großen Gottes Tash haben wir diese beiden elenden Mörder lebendig ergriffen.«

»Gebt mir das Schwert dieses Mannes«, sagte der Affe. Sie nahmen das Schwert des Königs und überreichten es mitsamt dem Gurt und allem dem Affen. Er hängte es sich um den Hals und sah damit noch alberner aus als zuvor.

»Um diese beiden kümmern wir uns später«, sagte der Affe und spie eine Nussschale in Richtung der beiden Gefangenen. »Zuerst habe ich noch ein paar andere Angelegenheiten zu regeln. Die beiden können warten. Also, alle herhören. Das Erste, was ich zu sagen habe, betrifft die Nüsse. Wo steckt dieses Obereichhörnchen?«

»Hier, Sir«, sagte ein rotes Eichhörnchen, trat vor und vollführte eine nervöse kleine Verbeugung.

»Aha, da bist du also«, sagte der Affe mit einem boshaften Blick. »Also, aufgepasst. Ich will – ich meine, Aslan will – mehr Nüsse. Was ihr bisher gebracht habt, ist nicht annähernd genug. Ihr müsst mehr davon bringen, verstanden? Doppelt so viele. Und sie müssen bis morgen bei Sonnenuntergang da sein und es dürfen keine schlechten und keine kleinen darunter sein.«

Ein bestürztes Gemurmel erhob sich unter den anderen Eichhörnchen, und das Obereichhörnchen nahm seinen Mut zusammen und sagte: »Bitte, kann Aslan selbst uns das nicht sagen? Wenn wir ihn einmal sehen dürften ...«

»Nun, das werdet ihr nicht«, sagte der Affe. »Mag sein, dass er besonders wohlwollend ist (auch wenn das viel mehr ist, als die meisten von euch verdient haben) und heute Abend für ein paar Minuten herauskommen wird. Dann könnt ihr alle einen Blick auf ihn werfen. Aber er wird es *nicht* dulden, dass ihr euch alle um ihn drängt und ihn mit Fragen belästigt. Was immer ihr ihm sagen wollt, wird über mich an ihn herangetragen werden – falls ich meine, dass es es wert ist, ihn damit zu behelligen. In der Zwischenzeit macht ihr Eichhörnchen euch besser auf den Weg und kümmert euch um die Nüsse. Und seht zu, dass sie bis morgen Abend hier sind, sonst setzt es was, verlasst euch drauf!«

Die armen Eichhörnchen jagten alle davon, als wäre ein Hund hinter ihnen her. Dieser neue Befehl war niederschmetternd für sie. Die Nüsse, die sie sorgsam für den Winter gesammelt hatten, waren inzwischen fast alle aufgegessen; und von den wenigen, die noch übrig waren, hatten sie dem Affen bereits viel mehr gegeben, als sie erübrigen konnten.

Da erhob sich aus einem anderen Teil der Menge eine tiefe Stimme – sie gehörte einem großen, zottigen Keiler mit mächtigen Hauern.

»Aber *warum* dürfen wir Aslan nicht richtig sehen und mit ihm reden?«, fragte er. »Wenn er in den alten Zeiten in Narnia erschien, konnte jeder von Angesicht zu Angesicht mit ihm sprechen.«

»Das dürft ihr nicht glauben«, erwiderte der Affe. »Und selbst wenn es wahr wäre, die Zeiten haben sich nun einmal geändert. Aslan sagt, dass er bisher viel zu nachsichtig mit euch war, versteht ihr? Nun, mit der Nachsicht ist es jetzt vorbei. Ab jetzt werden andere Saiten aufgezogen. Er wird euch lehren, zu denken, er wäre ein zahmer Löwe!«

Ein leises Stöhnen und Wimmern war unter den Tieren zu hören; danach folgte eine Totenstille, die noch bedrückter wirkte.

»Und dann ist da noch eine Sache, die ihr lernen müsst«, sagte der Affe. »Ich höre manche von euch sagen, ich wäre ein Affe. Nun, das bin ich nicht. Ich bin ein Mensch. Wenn ich wie ein Affe aussehe, dann nur, weil ich schon so uralt bin: Hunderte und Aberhunderte von Jahren. Und weil ich so alt bin, bin ich auch so weise. Und weil ich so weise bin, bin ich der Einzige, mit dem Aslan je sprechen wird. Er kann sich nicht damit plagen, mit einem Haufen dummer Tiere zu reden. Er wird mir sagen, was ihr zu tun habt, und ich werde es euch weitersagen. Und hört auf meinen Rat und seht zu, dass ihr euch damit beeilt, denn er hat nicht vor, sich von euch auf der Nase herumtanzen zu lassen.«

Es herrschte Totenstille, bis auf das Weinen eines kleinen Dachses und das Gemurmel seiner Mutter, die ihn zum Schweigen zu bringen versuchte.

»Und noch etwas«, fuhr der Affe fort, während er sich eine neue Nuss in die Backe steckte. »Ich habe gehört, dass einige der Pferde sagen: Lasst uns schnell machen und diese Arbeit mit dem Transport der Baumstämme so rasch wie möglich hinter uns bringen, dann sind wir wieder frei. Also, das könnt ihr euch gleich aus dem Kopf schlagen. Und das gilt nicht nur für die Pferde. Jeder, der arbeiten kann, wird in Zukunft zur Arbeit herangezogen. Aslan hat das alles mit dem König von Kalormen ausgehandelt – mit dem Tisroc, wie unsere dunkelhäutigen kalormenischen Freunde ihn nennen. All ihr Pferde und Stiere und Esel werdet hinunter nach Kalormen geschickt, um für euren Lebensunterhalt zu arbeiten – ihr werdet Lasten ziehen und tragen, wie es Pferde und ihresgleichen in anderen Ländern tun. Und all ihr grabenden Tiere, ihr Maulwürfe und Kaninchen und Zwerge, werdet hinunterziehen und in den Bergwerken des Tisroc arbeiten. Und …«

»Nein, nein, nein«, heulten die Tiere auf. »Das kann nicht wahr sein. Aslan würde uns nie als Sklaven an den König von Kalormen verkaufen.«

»Schluss damit! Hört auf mit dem Geplärre!«, fauchte der Affe sie an. »Wer redet denn hier von Sklaverei? Ihr werdet keine Sklaven sein. Ihr werdet bezahlt und ihr werdet einen sehr guten Lohn bekommen. Das heißt, euer Lohn wird in Aslans Schatzkammer eingezahlt werden und er wird alles zum Wohle der Allgemeinheit verwenden.« Dann sah er den Hauptmann der Kalormenen an, und es schien fast, als zwinkere er ihm zu.

Der Kalormene verneigte sich und erwiderte in der pompösen kalormenischen Redeweise: »Hochweises Sprachrohr Aslans, der Tisroc (möge-er-ewig-leben) ist, was diesen umsichtigen Plan betrifft, mit Eurer Lordschaft ganz und gar eines Sinnes.«

»Da habt ihr es!«, sagte der Affe. »Es ist alles geregelt. Und alles zu eurem Besten. Mit dem Geld, das ihr verdient, werden wir Narnia zu einem Land machen, in dem es sich zu leben lohnt. Die Orangen und Bananen werden nur so hereinströmen – und es wird Straßen und große Städte geben, Schulen und Büros und Peitschen und Maulkörbe und Sattel und Käfige und Zwinger und Gefängnisse – oh, alles eben.«

»Aber das wollen wir alles nicht«, sagte ein alter Bär. »Wir wollen frei sein. Und wir wollen Aslan selbst sprechen hören.«

»Jetzt fang mir bloß keinen Streit an«, sagte der Affe, »denn das werde ich nicht dulden. Ich bin ein Mensch; du bist nur ein fetter, dummer alter Bär. Was weißt du schon von Freiheit? Du meinst, Freiheit bedeutet, dass du tun kannst, was dir Spaß macht. Tja, da irrst du dich. Das ist keine wahre Freiheit. Wahre Freiheit bedeutet, dass du tust, was ich dir sage.«

»H-m-m-pf«, grunzte der Bär und kratzte sich am Kopf. Es fiel ihm schwer, einem solchen Gedankengang zu folgen.

»Bitte, bitte«, sagte mit hoher Stimme ein wuscheliges Lamm, das noch so jung war, dass alle sich wunderten, warum es überhaupt etwas zu sagen wagte.

»Was ist denn jetzt schon wieder?«, sagte der Affe. »Mach es kurz.«

»Bitte«, sagte das Lamm, »ich verstehe das nicht. Was haben wir mit den Kalormenen zu schaffen? Wir gehören zu Aslan. Sie gehören zu Tash. Sie haben einen Gott namens Tash. Sie sagen, er hat vier Arme und den Kopf eines Geiers. Sie töten Menschen auf seinem Altar. Ich glaube nicht, dass es so jemanden wie Tash wirklich gibt. Aber wenn es ihn gäbe, wie könnte Aslan dann sein Freund sein?«

Alle Tiere legten die Köpfe schief und ihre Augen blitzten dem Affen entgegen. Sie wussten, dass dies die beste Frage war, die bisher gestellt worden war.

Der Affe sprang auf und spie das Lamm an.

»Du Baby!«, zischte er. »Du dummer kleiner Blöker! Geh heim zu deiner Mutter und trink Milch. Was verstehst du von solchen Dingen? Aber ihr anderen, hört her! Tash ist nur ein anderer Name für Aslan. Das wir recht haben und die Kalormenen unrecht, das ist nur eine dumme alte Vorstellung. Heute wissen wir es besser. Die Kalormenen gebrauchen andere Wörter, aber wir meinen alle dasselbe. Tash und Aslan sind nur zwei verschiedene Namen für – ihr wisst schon wen. Deshalb kann es niemals einen Streit zwischen ihnen geben. Geht das in eure Schädel, ihr blöden Viecher? Tash ist Aslan; Aslan ist Tash.«

Ihr wisst, wie traurig euer eigener Hund manchmal gucken kann. Stellt euch das vor und dann denkt an all die Gesichter jener Sprechenden Tiere – all jener anständigen, bescheidenen, verwirrten Vögel, Bären, Dachse, Kaninchen, Maulwürfe und Mäuse –, die alle noch viel trauriger schauten. Jeder Schwanz war gesenkt, jedes Schnurrhaar hing herunter. Es hätte euch vor Mitleid das Herz gebrochen, wenn ihr jene Gesichter gesehen hättet. Es gab nur einen, der überhaupt nicht unglücklich aussah.

Es war ein roter Kater – ein prächtiger Bursche im besten Alter –, der kerzengerade, den Schwanz um die Pfoten geschlungen, in der ersten Reihe der Tiere saß. Er hatte die ganze Zeit über unverwandt den Affen und den kalormenischen Hauptmann angestarrt und nicht ein einziges Mal mit den Augen geblinzelt.

»Entschuldige«, sagte der Kater sehr höflich, »aber das finde ich interessant. Sagt dein Freund aus Kalormen das auch?«

»Gewiss«, sagte der Kalormene. »Der erleuchtete Affe – Mensch, meine ich – hat recht. *Aslan* bedeutet nicht weniger und nicht mehr als *Tash.*«

»Insbesondere bedeutet Aslan *nicht mehr* als Tash?«, hakte der Kater nach.

»Keinen Deut mehr«, sagte der Kalormene und schaute dem Kater gerade ins Gesicht.

»Reicht dir das, Rosso?«, fragte der Affe.

»Oh, gewiss«, erwiderte Rosso gelassen. »Vielen Dank. Ich wollte nur ganz sichergehen. Ich glaube, ich fange an zu verstehen.«

Bisher hatten der König und Saphir noch nichts gesagt; sie warteten, bis der Affe sie zum Reden auffordern würde, denn sie hielten es für sinnlos, ihn zu unterbrechen. Doch nun, als Tirian sich zu den unglücklichen Gesichtern der Narnianen umwandte und sah, dass sie alle daran glauben würden, Aslan und Tash sei ein und derselbe, konnte er es nicht länger ertragen.

»Affe«, rief er mit lauter Stimme, »du lügst bodenlos! Du lügst wie ein Kalormene. Du lügst wie ein Affe!«

Er wollte weiterreden und fragen, wie der schreckliche Gott Tash, der sich am Blut seines Volkes labte, je derselbe sein könne wie der gute Löwe, durch dessen Blut ganz Narnia gerettet worden war. Hätte man ihn ausreden lassen, so wäre die Herrschaft des Affen vielleicht noch am selben Tag zu Ende gewesen; die Tiere hätten die Wahrheit erkannt und den Affen gestürzt. Doch bevor er noch ein Wort herausbringen konnte, schlugen ihm zwei Kalormenen mit aller Kraft auf den Mund und ein dritter trat ihm von hinten die Beine weg.

Als er hinfiel, kreischte der Affe voller Wut und Entsetzen: »Schafft ihn weg! Schafft ihn weg! Bringt ihn so weit weg, dass er uns nicht hören kann und wir ihn nicht. Dort fesselt ihn an einen Baum. Ich werde – ich meine, Aslan wird später sein Urteil sprechen.«

Was in jener Nacht geschah

Der König war, nachdem man ihn niedergeschlagen hatte, so benommen, dass er kaum mitbekam, was geschah, bis die Kalormenen ihm die Fesseln von den Handgelenken nahmen, ihm die Arme senkrecht an die Seiten legten und ihn mit dem Rücken gegen eine Esche stellten. Sie schlangen Seile um seine Knöchel und Knie, seine Taille und seine Brust und ließen ihn zurück. Im Moment machte ihm am meisten zu schaffen – oft sind es die Kleinigkeiten, die am schwersten zu ertragen sind –, dass seine Lippe blutete, wo sie ihn geschlagen hatten, und er sich das kleine Rinnsal Blut nicht abwischen konnte, obwohl es ihn kitzelte.

Von seinem Platz aus konnte er immer noch den kleinen Stall auf der Hügelkuppe sehen und den Affen, der davor saß. Er hörte gerade noch die Stimme des Affen, der immer weiterredete, und hin und wieder eine Antwort aus der Menge, aber die Worte konnte er nicht verstehen.

»Was sie wohl mit Saphir gemacht haben?«, dachte der König.

Bald darauf löste sich die Menge der Tiere auf und zerstreute sich in verschiedene Richtungen. Einige kamen nahe an Tirian vorbei. Sie sahen ihn an, als hätten sie Angst und zugleich auch Mitleid, als sie ihn so gefesselt sahen, aber keines von ihnen sagte etwas. Bald waren sie alle weg und Stille legte sich über den Wald. Stunden um Stunden vergingen; Tirian bekam zuerst großen Durst und dann großen Hunger. Als der Nachmittag sich dahinschleppte und in den Abend überging, wurde ihm auch kalt. Sein Rücken tat ihm sehr weh. Die Sonne ging unter und die Dämmerung zog herauf.

Als es schon fast dunkel war, hörte Tirian ein leises Getrappel von Füßen und sah einige kleine Geschöpfe auf sich zukommen. Die drei zur Linken waren Mäuse; in der Mitte war ein Kaninchen und zur Rechten waren zwei Maulwürfe. Diese beiden trugen kleine Beutel auf dem Rücken, deshalb sahen sie im Dunkeln so eigenartig aus, dass er sich zuerst fragte, was für Tiere das eigentlich seien. Einen Moment später erhoben sie sich alle auf die Hinterbeine, legten ihre kühlen Pfoten auf seine Knie und bedeckten seine Knie mit schnuffeligen Tierküssen. (Sie reichten bis zu seinen Knien, weil narnianische Sprechende Tiere dieser Art größer sind als die stummen Tiere derselben Art in England.)

»König! Lieber König«, sagten sie mit ihren schrillen Stimmen, »es tut uns so leid für Euch. Wir wagen es nicht, Euch zu befreien, weil Aslan vielleicht zornig auf uns wäre. Aber wir haben Euch Euer Abendessen gebracht.«

Sogleich kletterte die erste Maus behände nach oben, bis sie auf dem Seil hockte, mit dem Tirians Brust gefesselt war, und zog vor Tirians Gesicht die Nase kraus. Dann kletterte die zweite Maus herauf und hielt sich gleich unterhalb der ersten fest. Die anderen Tiere standen auf dem Boden und begannen Sachen emporzureichen.

»Trinkt, Sire, dann werdet Ihr auch etwas essen können«, sagte die oberste Maus, und Tirian merkte, dass ihm ein kleiner hölzerner Becher an die Lippen gehalten wurde. Er war nur so groß wie ein Eierbecher, sodass er den Wein darin kaum schmeckte, bevor er leer war. Doch dann reichte die Maus ihn wieder hinunter; die anderen füllten ihn neu und reichten ihn herauf, und Tirian leerte ihn ein zweites Mal. So machten sie weiter, bis er ordentlich getrunken hatte, und es war umso besser, dass er es in kleinen Schlucken tat, denn das löscht den Durst besser als ein langer Zug.

»Hier ist Käse, Sire«, sagte die erste Maus, »aber nicht sehr viel, damit Ihr nicht zu durstig davon werdet.« Nach dem Käse fütterten sie ihn mit Haferkeksen und frischer Butter; dann gaben sie ihm noch etwas Wein.

»Jetzt reicht das Wasser herauf«, sagte die erste Maus, »damit ich dem König das Gesicht waschen kann. Es ist Blut darauf.«

Tirian spürte, wie sein Gesicht mit einem winzigen Schwamm abgetupft wurde, und es fühlte sich sehr erfrischend an.

»Meine kleinen Freunde«, sagte Tirian, »wie kann ich euch für all das danken?«

»Das braucht Ihr nicht, das braucht Ihr nicht«, sagten die kleinen Stimmen. »Was könnten wir sonst noch tun? *Wir* wollen keinen anderen König. Wir sind Euer Volk. Wären es nur der Affe und die Kalormenen gewesen, die sich gegen Euch gestellt hätten, so hätten wir gekämpft, bis wir in Stücke geschlagen worden wären, bevor wir zugelassen hätten, dass sie Euch fesseln. Das hätten wir getan, ganz bestimmt. Aber gegen Aslan kann man sich nicht stellen.«

»Glaubt ihr, dass es wirklich Aslan ist?«, fragte der König.

»O ja, sicher«, sagte das Kaninchen. »Gestern Abend ist er aus dem Stall gekommen. Wir haben ihn alle gesehen.«

»Wie sah er aus?«, fragte der König.

»Wie ein schrecklicher, großer Löwe natürlich«, sagte eine der Mäuse.

»Und ihr glaubt, es ist wirklich Aslan, der die Waldnymphen tötet und euch alle zu Sklaven des Königs von Kalormen macht?«

»Ach, schlimm, nicht wahr?«, sagte die zweite Maus. »Es wäre besser gewesen, wir wären gestorben, bevor das alles begann. Aber es gibt keinen Zweifel. Alle sagen, dass es Aslans Befehle sind. Und wir haben ihn gesehen. Wir hätten nicht gedacht, dass Aslan so sein würde. Wir – wir haben uns doch regelrecht *gewünscht,* er möge zurück nach Narnia kommen.«

»Diesmal scheint er sehr zornig zurückgekehrt zu sein«, fuhr die erste Maus fort. »Wir müssen wohl alle ein schreckliches Unrecht begangen haben, ohne es zu wissen. Sicherlich bestraft er uns für irgendetwas. Aber ich finde, man könnte uns schon sagen wofür!«

»Ich schätze, das, was wir gerade tun, ist vielleicht auch falsch«, sagte das Kaninchen.

»Das ist mir egal«, sagte einer der Maulwürfe. »Ich würde es jederzeit wieder tun.«

Doch die anderen sagten: »Oh, psst.« und »Sei vorsichtig.« und dann sagten alle: »Es tut uns leid, lieber König, aber wir müssen jetzt zurück. Wir dürfen uns auf keinen Fall hier erwischen lassen.«

»Verlasst mich augenblicklich, ihr lieben Tiere«, sagte Tirian. »Nicht für ganz Narnia möchte ich einen von euch in Gefahr bringen.«

»Gute Nacht, gute Nacht«, sagten die Tiere und rieben ihre Nasen an seinen Knien. »Wir kommen wieder – wenn wir können.« Dann huschten sie alle davon, und der Wald schien dunkler und kälter und einsamer, als er gewesen war, bevor sie gekommen waren.

Die Sterne kamen zum Vorschein und die Zeit

schleppte sich langsam dahin – stellt euch vor, wie langsam –, während der letzte König von Narnia steif und wund und aufrecht in seinen Fesseln an dem Baum stand. Doch endlich geschah etwas.

In weiter Ferne erschien ein rotes Licht. Dann verschwand es für einen Moment und erschien wieder, größer und heller. Dann sah er diesseits des Lichtes dunkle Gestalten hin und her gehen, die irgendwelche Bündel trugen und sie auf den Boden warfen. Jetzt wusste er, was er da sah. Es war ein Feuer, frisch angezündet, und Leute warfen Reisigbündel darauf. Bald flackerte es auf und Tirian sah, dass es sich genau auf der Hügelkuppe befand. Ganz deutlich konnte er den Stall dahinter sehen, hell beleuchtet von dem roten Feuerschein, und eine große Menge Tiere und Menschen zwischen dem Feuer und ihm selbst. Eine kleine Gestalt, die neben dem Feuer kauerte, musste der Affe sein. Er sagte etwas zu der Menge, doch was es war, konnte Tirian nicht hören. Dann trat der Affe vor die Tür des Stalles und verbeugte sich dreimal bis zum Boden. Er richtete sich wieder auf und öffnete die Tür. Und etwas auf vier Beinen kam mit ziemlich steifen Schritten aus dem Stall und trat vor die Menge.

Ein mächtiges Wimmern oder Heulen erhob sich, so laut, dass Tirian einige der Worte verstehen konnte.

»Aslan! Aslan! Aslan!«, riefen die Tiere. »Sprich zu uns. Tröste uns. Sei nicht mehr zornig auf uns.«

Von seinem Standort aus konnte Tirian nicht genau erkennen, was das für ein Ding war; doch er sah, dass es gelb und haarig war. Er hatte den Großen Löwen noch nie gesehen. Er hatte noch nicht einmal einen gewöhnlichen Löwen gesehen. Deshalb konnte er auch nicht sicher sein, dass das, was er jetzt sah, nicht der wirkliche Aslan war. Freilich hatte er nicht erwartet, dass Aslan so aussehen würde wie jenes steifbeinige Ding, das da stand und nichts sagte. Aber wie konnte man sicher sein? Einen Moment lang gingen ihm schreckliche Gedanken durch den Kopf; doch dann erinnerte er sich an den Unsinn, Tash und Aslan wären ein und derselbe, und er wusste, dass das Ganze ein Betrug sein musste.

Der Affe hielt seinen Kopf dicht an den des gelben Wesens, als lausche er, während es ihm etwas zuflüsterte. Dann drehte er sich um und sprach zu der Menge, und die Menge fing wieder an zu jammern. Dann machte das gelbe Wesen unbeholfen kehrt und ging – man könnte fast sagen, es watschelte – zurück in den Stall, und der Affe schloss die Tür hinter ihm. Danach musste das Feuer gelöscht worden sein, denn das Licht verschwand ganz plötzlich, und Tirian war wieder allein mit der Kälte und der Dunkelheit.

Er dachte an die anderen Könige, die in alten Zeiten in Narnia gelebt hatten und gestorben waren, und ihm schien, dass niemand von ihnen solches Unglück gehabt hatte wie er. Der Urgroßvater seines Urgroßvaters fiel ihm ein, König Rilian, der als kleiner Prinz von einer Hexe entführt und jahrelang in den dunklen Höhlen unter dem Land der Riesen im Norden versteckt gehalten worden war. Aber am Ende war dann alles gut geworden, denn plötzlich waren zwei geheimnisvolle Kinder aus dem Land hinter dem Ende der Welt erschienen und hatten ihn befreit, sodass er nach Narnia heimkehrte und eine lange, glückliche Herrschaft erlebte.

»So wird es mir nicht ergehen«, sagte sich Tirian.

Dann dachte er noch weiter zurück an Rilians Vater, Kaspian den Seefahrer, dessen verbrecherischer Onkel Miraz versucht hatte, ihn zu ermorden, und daran, wie

Kaspian in die Wälder geflohen war und unter den Zwergen gelebt hatte. Doch auch diese Geschichte war am Ende gut ausgegangen; denn auch Kaspian hatte Hilfe von Kindern erhalten – nur dass es damals vier gewesen waren –, die von irgendwo jenseits der Welt gekommen waren und eine große Schlacht gefochten und ihn auf den Thron seines Vaters gesetzt hatten. »Aber das alles ist lange her«, sagte sich Tirian. »Solche Dinge passieren heute nicht mehr.« Und dann erinnerte er sich (denn er war als Junge immer sehr gut in Geschichte gewesen), dass dieselben vier Kinder, die Kaspian geholfen hatten, über tausend Jahre zuvor schon einmal in Narnia gewesen waren. Damals hatten sie die erstaunlichste aller Taten vollbracht. Damals nämlich hatten sie die schreckliche Weiße Hexe besiegt und den Hundertjährigen Winter beendet. Danach hatten sie (alle vier gemeinsam) auf Cair Paravel regiert, bis sie keine Kinder mehr waren, sondern große Könige und liebliche Königinnen, und ihre Herrschaft war das Goldene Zeitalter Narnias gewesen. Aslan hatte in dieser Geschichte eine große Rolle gespielt. Auch in allen anderen Geschichten war er vorgekommen, wie Tirian sich jetzt erinnerte. »Aslan – und die Kinder aus einer anderen Welt«, dachte Tirian. »Sie sind immer dann erschienen, wenn es am schlimmsten stand. Oh, könnten sie doch jetzt wieder kommen!«

Und dann rief er laut: »Aslan! Aslan! Aslan! Komm und hilf uns!«

Doch nichts änderte sich an der Dunkelheit und der Kälte und der Stille.

»Lass sie *mich* töten!«, rief der König. »Ich erbitte nichts für mich selbst. Aber komm und rette ganz Narnia!«

Immer noch blieben die Nacht und der Wald, wie sie

waren, doch in Tirians Innern begann sich etwas zu verändern. Ohne zu wissen warum, merkte er, wie sich eine leise Hoffnung in ihm regte. Und irgendwie fühlte er sich stärker. »O Aslan, Aslan«, flüsterte er. »Wenn du nicht selbst kommen willst, sende mir wenigstens die Helfer von jenseits der Welt. Oder lass mich sie rufen. Lass meine Stimme aus dieser Welt hinausdringen.« Dann, ohne richtig zu merken, was er tat, rief er plötzlich mit mächtiger Stimme aus: »Kinder! Kinder! Freunde Narnias! Schnell. Kommt zu mir. Durch die Welten rufe ich euch; ich, Tirian, König von Narnia, Herr von Cair Paravel und Kaiser der Einsamen Inseln!«

Und sogleich versank er in einem Traum (wenn es denn ein Traum war), so lebendig, wie er ihn noch nie in seinem Leben gehabt hatte.

Ihm war, als stünde er in einem erleuchteten Zimmer, in dem sieben Leute rund um einen Tisch saßen. Es sah aus, als hätten sie gerade ihre Mahlzeit beendet. Zwei dieser Leute waren schon sehr alt; ein alter Mann mit weißem Bart und eine alte Frau mit weisen, lustig blitzenden Augen. Der, der rechts neben dem alten Mann saß, war kaum ausgewachsen, auf jeden Fall jünger als Tirian selbst, doch sein Gesicht hatte bereits den Ausdruck eines Königs und Kriegers. Und fast dasselbe konnte man von dem anderen Jungen sagen, der zur Rechten der alten Frau saß. Tirian gegenüber auf der anderen Seite des Tisches saß ein blondes Mädchen, jünger als diese beiden, und zu ihren beiden Seiten ein Junge und ein Mädchen, die noch jünger waren. Sie alle trugen Kleider, die Tirian sehr fremdartig vorkamen.

Doch er hatte keine Zeit, über solche Einzelheiten nachzudenken, denn sogleich sprangen der jüngste der Jungen und die beiden Mädchen auf und eines von ihnen stieß einen leisen Schrei aus. Die alte Frau fuhr zusammen und zog erschrocken die Luft ein. Auch der alte Mann musste eine plötzliche Bewegung gemacht haben, denn das Weinglas, das neben seiner rechten Hand stand, wurde vom Tisch gefegt; Tirian hörte das Klirren, als es auf dem Fußboden zerschellte.

Dann begriff Tirian, dass diese Leute ihn sehen konnten. Sie starrten ihn an, als hätten sie einen Geist vor sich.

Doch er bemerkte, dass der Junge mit dem königlichen Ausdruck, der zur Rechten des alten Mannes saß, sich überhaupt nicht regte (obwohl er blass wurde). Er ballte lediglich seine Hand fest zusammen. Dann sagte er: »Rede, wenn du kein Phantom oder Traum bist. Du siehst aus wie ein Narniane, und wir sind die sieben Freunde Narnias.«

Tirian wollte nichts lieber als sprechen und er versuchte ihnen laut zuzurufen, er sei Tirian von Narnia und brauche dringend Hilfe. Doch er stellte fest (wie es auch mir in Träumen schon manchmal ergangen ist), dass nicht der geringste Laut aus seinem Mund kam.

Der, der ihn angesprochen hatte, stand auf. »Schatten oder Geist oder was immer du bist«, sagte er und sah Tirian unverwandt an. »Wenn du aus Narnia kommst, befehle ich dir im Namen Aslans, sprich zu mir. Ich bin Peter, der Hochkönig.«

Das Zimmer begann vor Tirians Augen zu verschwimmen. Er hörte, wie die sieben Leute darin alle durcheinanderredeten und wie ihre Stimmen mit jedem Augenblick leiser wurden. Sie sagten Dinge wie: »Schaut! Er verblasst.« – »Er schmilzt dahin.« – »Er verschwindet.«

Im nächsten Moment war er hellwach, immer noch

an den Baum gefesselt, und ihm war kälter und er fühlte sich steifer denn je. Der Wald war erfüllt von jenem bleichen, trostlosen Licht, das sich manchmal vor dem Sonnenaufgang ausbreitete, und er war ganz durchnässt vom Tau. Der Morgen nahte.

Jenes Erwachen war so ziemlich der schlimmste Augenblick, den er je erlebt hatte.

Wie dem König Hilfe zuteilwurde

Doch sein Elend dauerte nicht lange an. Gleich darauf tat es einen Schlag, dann einen zweiten, und zwei Kinder standen vor ihm. Der Wald vor ihm war noch vor einer Sekunde völlig menschenleer gewesen und er wusste, sie konnten nicht hinter seinem Baum hervorgekommen sein, ohne dass er sie gehört hätte. Sie waren tatsächlich einfach aus dem Nichts erschienen.

Er sah auf den ersten Blick, dass sie dieselben merkwürdigen schäbigen Kleider trugen wie die Leute in seinem Traum; und auf den zweiten Blick sah er, dass es der jüngste Junge und das jüngste Mädchen aus jener Siebenergruppe waren.

»Menschenskind!«, sagte der Junge. »Das hat einem glatt den Atem verschlagen! Ich dachte …«

»Beeil dich und mach ihm die Fesseln los«, sagte das Mädchen. »Reden können wir später.« Dann fügte sie an Tirian gewandt hinzu: »Es tut mir leid, dass wir so lange gebraucht haben. Wir sind so schnell gekommen, wie wir konnten.«

Während sie sprach, holte der Junge ein Messer aus seiner Tasche und schnitt dem König rasch die Fesseln durch; sogar zu rasch, denn der König war so steif und gefühllos in den Gliedern, dass er nach vorne auf Hände und Knie fiel, kaum dass das letzte Seil durchtrennt war. Er konnte erst wieder aufstehen, nachdem er seinen Beinen durch eine ordentliche Abreibung wieder Leben eingeflößt hatte.

»Sagt mal«, sagte das Mädchen, »das wart Ihr, stimmt es, der uns neulich abends erschienen ist, als wir alle zusammengegessen haben? Vor einer knappen Woche?«

»Vor einer Woche, edle Maid?«, erwiderte Tirian. »Mein Traum führte mich vor kaum zehn Minuten in eure Welt.«

»Das ist das übliche Durcheinander mit den Zeiten, Pole«, sagte der Junge.

»Ich erinnere mich jetzt«, sagte Tirian. »Auch davon ist in all den alten Erzählungen die Rede. Die Zeit in eurem seltsamen Land ist anders als unsere. Aber da wir von Zeit sprechen: Es ist an der Zeit, dieser Stätte zu entfliehen; denn meine Feinde sind nahe. Wollt ihr mit mir kommen?«

»Natürlich«, sagte das Mädchen. »Um Euch zu helfen, sind wir doch gekommen.«

Tirian kam auf die Beine und führte sie rasch bergab, südwärts und weg von dem Stall. Er wusste, wohin er wollte, aber sein erstes Ziel war es, in felsiges Gelände zu gelangen, wo sie keine Spuren hinterlassen würden; und das zweite, irgendein Gewässer zu überqueren, um keine Witterung zu hinterlassen.

So waren sie etwa eine Stunde lang mit Klettern und Waten beschäftigt, und währenddessen hatte keiner von ihnen genug Atem, um sich zu unterhalten. Dennoch warf Tirian seinen Gefährten immer wieder verstohlene Blicke zu. Vor Staunen darüber, an der Seite von Geschöpfen aus einer anderen Welt zu wandern, wurde ihm ein wenig schwindelig; doch zugleich wurden all die alten Geschichten dadurch viel wirklicher, als sie ihm bisher je erschienen waren … alles war jetzt möglich.

»So«, sagte Tirian, als sich vor ihnen ein kleines Tal

mit jungen Birken erstreckte, »jetzt droht uns fürs Erste keine Gefahr mehr von jenen Schurken und wir können gemächlicher gehen.«

Die Sonne war inzwischen aufgegangen; Tautropfen funkelten auf allen Zweigen und die Vögel sangen.

»Wir wär's mit was zu spachteln? – Ich meine, für Euch, Sir, wir beide haben schon gefrühstückt«, sagte der Junge.

Tirian rätselte, was mit »spachteln« gemeint sei, doch als der Junge den dicken Ranzen aufmachte, den er trug, und ein ziemlich fettiges und zerquetschtes Päckchen daraus hervorholte, verstand er. Er hatte einen Bärenhunger, obwohl er bis zu diesem Moment überhaupt nicht daran gedacht hatte.

Es gab zwei belegte Brote mit hart gekochten Eiern, zwei mit Käse und zwei mit irgendeinem Aufstrich. Wäre er nicht so hungrig gewesen, so hätte er sich aus dem Aufstrich nicht viel gemacht, denn solche Sachen aß in Narnia niemand. Als alle sechs Brote vertilgt waren, hatten sie den Boden des Tales erreicht, und dort fanden sie eine moosbewachsene Felswand, aus der eine kleine Quelle sprudelte. Alle drei blieben stehen, um zu trinken und sich Wasser in die erhitzten Gesichter zu spritzen.

»So«, sagte das Mädchen, während es sich die nassen Haare aus der Stirn warf, »wollte Ihr uns jetzt nicht sagen, wer Ihr seid, warum Ihr gefesselt wart und was eigentlich los ist?«

»Mit Freuden, Maid«, antwortete Tirian. »Aber wir dürfen nicht verweilen.« Während sie also weitergingen, erzählte er ihnen, wer er war und was ihm alles widerfahren war. »Und jetzt«, sagte er zum Schluss, »gehe ich zu einem Turm, einem von dreien, die zur Zeit meines königlichen Großvaters errichtet wurden, um das Laternendickicht gegen gewisse Banditen zu schützen, die dort in jenen Tagen hausten. Dank Aslans Güte hat man mir meine Schlüssel nicht abgenommen. In jenem Turm werden wir Waffenvorräte, Rüstungen und auch etwas Wegzehrung finden, wenn auch nichts Besseres als trockenes Gebäck. Dort sind wir auch in Sicherheit, während wir unsere Pläne schmieden. Und nun, bitte sagt mir, wer ihr seid, und erzählt mir eure ganze Geschichte.«

»Ich bin Eustace Scrubb, und das ist Jill Pole«, sagte der Junge. »Wir waren schon einmal hier, vor einer Ewigkeit; ist schon über ein Jahr her nach unserer Zeit. Da gab es einen Burschen namens Prinz Rilian, der wurde unter der Erde gefangen gehalten; und Puddelglum trat mit seinem Fuß ins …«

»Ha!«, rief Tirian. »Seid ihr etwa jener Eustace und jene Jill, die König Rilian von seiner langen Verzauberung befreiten?«

»Ja, das sind wir«, erwiderte Jill. »Dann ist er also jetzt *König* Rilian, ja? Ach natürlich, muss er ja. Ich habe ganz vergessen …«

»Nein«, entgegnete Tirian. »Ich bin sein Nachkomme im siebten Glied. Er ist seit über zweihundert Jahren tot.«

Jill verzog das Gesicht. »Uh!«, sagte sie. »Das ist das Scheußliche daran, wenn man nach Narnia zurückkommt.«

Doch Eustace fuhr fort: »So, nun wisst Ihr, wer wir sind, Sire«, sagte er. »Und es war so: Der Professor und Tante Polly hatten uns Freunde Narnias alle zusammengerufen …«

»Ich kenne diese Namen nicht, Eustace«, sagte Tirian.

»Das sind die beiden, die ganz am Anfang nach Narnia kamen, an dem Tag, als all die Tiere das Sprechen lernten.«

»Bei der Mähne des Löwen«, rief Tirian, »diese beiden! Lord Digory und Lady Polly! Aus der Dämmerung der Welt! Und sie sind bei euch immer noch am Leben? Welch ein herrliches Wunder! Aber erzählt, erzählt mir mehr!«

»Sie ist eigentlich gar nicht unsere Tante, wisst Ihr«, fuhr Eustace fort. »Sie heißt Miss Plummer, aber wir nennen sie Tante Polly. Also, die beiden haben uns alle zusammengebracht, teils nur zum Spaß, damit wir mal wieder richtig über Narnia quatschen können (denn es gibt natürlich außer uns niemanden, mit dem wir über solche Dinge reden können), aber teils auch, weil der Professor das Gefühl hatte, wir würden hier irgendwie gebraucht. Na ja, und dann seid Ihr aufgetaucht wie ein Gespenst oder wer weiß was, habt uns beinahe zu Tode erschreckt und seid dann wieder verschwunden, ohne ein Wort zu sagen. Danach wussten wir natürlich ganz genau, dass was im Busch ist. Die nächste Frage war, wie wir hierherkommen sollten. Man kann ja nicht einfach so losgehen, nur weil man Lust dazu hat. Also redeten wir uns die Köpfe heiß, bis der Professor schließlich sagte, die einzige Möglichkeit seien die Zauberringe. Mit diesen Ringen sind er und Tante Polly vor langer, langer Zeit hergekommen, als sie noch Kinder waren, viele Jahre bevor wir Jüngeren geboren wurden. Doch die Ringe lagen alle im Garten eines Hauses in London (das ist unsere große Stadt, Sire) vergraben und das Haus war inzwischen verkauft worden. Das Problem war also, wie wir an sie herankommen sollten. Ihr werdet nie erraten, was wir schließlich gemacht haben! Peter und Edmund – das ist der Hochkönig Peter, derjenige, der mit Euch gesprochen hat – sind nach London gefahren, um von hinten in den Garten zu steigen, ganz früh am Morgen, bevor jemand auf war. Sie hatten sich als Handwerker verkleidet; es sollte so aussehen, als kümmerten sie sich um die Abflussrohre, falls sie doch jemand sah. Ich wünschte, ich wäre dabei gewesen; es muss ein Riesenspaß gewesen sein. Und offenbar haben sie es auch geschafft, denn am nächsten Tag schickte Peter uns ein Telegramm – das ist so eine Art Botschaft, Sire, das erkläre ich ein anderes Mal –, er habe die Ringe. Und wieder einen Tag später war der Tag, an dem Pole und ich zurück in die Schule mussten – wir sind die Einzigen, die noch in die Schule gehen, und wir sind beide in derselben. Deshalb wollten Peter und Edmund sich auf dem Weg in die Schule mit uns treffen und uns die Ringe geben. Wir waren diejenigen, die nach Narnia gehen mussten, wisst Ihr, weil die Älteren nicht mehr hierher zurückkehren konnten. Wir stiegen also in den Zug – das ist so ein Ding, mit dem die Leute in unserer Welt reisen; eine lange Reihe von Wagen, die aneinandergehängt sind – und der Professor und Tante Polly und Lucy kamen mit uns. Wir wollten so lange wie möglich zusammenbleiben. Nun saßen wir also im Zug. Wir fuhren gerade in den Bahnhof ein, wo die anderen sich mit uns treffen wollten, und ich schaute aus dem Fenster, ob ich sie schon sehen könnte, als es plötzlich ganz entsetzlich ruckte und krachte; und auf einmal waren wir in Narnia, und Eure Majestät stand an den Baum gefesselt vor uns.«

»Dann habt ihr die Ringe gar nicht benutzt?«, fragte Tirian.

»Nein«, antwortete Eustace. »Wir haben sie nicht einmal zu Gesicht bekommen. Aslan hat alles auf seine Weise für uns erledigt, ohne irgendwelche Ringe.«

»Aber der Hochkönig Peter hat sie«, sagte Tirian.

»Ja«, sagte Jill. »Aber wir glauben nicht, dass er sie benutzen kann. Als die anderen beiden Pevensies – König Edmund und Königin Lucy – das letzte Mal hier waren, sagte Aslan ihnen, sie würden nie wieder nach Narnia kommen. Und so etwas Ähnliches hat er auch zum Hochkönig gesagt, nur dass es noch länger her ist. Ihr könnt sicher sein, er würde kommen wie der Blitz, wenn es ihm erlaubt wäre.«

»Menschenskind!«, sagte Eustace. »Es wird ganz schön heiß hier in der Sonne. Sind wir bald da, Sire?«

»Schau«, sagte Tirian und deutete geradeaus. Einige Meter entfernt erhoben sich graue Zinnen über die Baumwipfel, und nachdem sie noch eine Minute lang weitergegangen waren, erreichten sie eine offene Grasfläche. Ein Bach floss hindurch und auf der anderen Seite des Baches stand ein gedrungener eckiger Turm mit ganz wenigen schmalen Fenstern und einer wuchtig wirkenden Tür in der ihnen zugewandten Außenmauer.

Tirian spähte in alle Richtungen, um sich zu vergewissern, dass keine Feinde in Sicht waren. Dann ging er auf den Turm zu und blieb einen Moment stehen, während er seinen Schlüsselbund hervorfischte, den er unter seinem Jagdgewand an einer dünnen silbernen Kette um den Hals trug. Es war ein hübsches Bündel Schlüssel, das er zum Vorschein brachte, denn zwei davon waren aus Gold und viele waren reich verziert; man sah sofort, dass diese Schlüssel dazu dienten, ehrwürdige und geheime Zimmer in Palästen zu öffnen oder Truhen und Kästen aus süß duftendem Holz, die königliche Schätze enthielten. Der Schlüssel jedoch, den er jetzt in das Schloss der Tür steckte, war groß und schlicht und kunstloser. Das Schloss klemmte ein wenig, und einen Moment lang fürchtete Tirian schon, er würde es nicht aufbekommen; doch schließlich gelang es ihm und die Tür schwang mit einem verdrießlichen Ächzen auf.

»Willkommen, Freunde«, sagte Tirian. »Ich fürchte, dies ist der beste Palast, den der König von Narnia seinen Gästen im Moment bieten kann.«

Zu seiner Erleichterung stellte Tirian fest, dass die beiden Fremden gut erzogen waren. Beide sagten, das sei nicht der Rede wert und es würde bestimmt sehr gemütlich.

In Wirklichkeit war es nicht besonders gemütlich. Es war ziemlich dunkel und roch sehr moderig. Es war nur ein Raum, der bis zu der steinernen Decke hinaufreichte. Eine Holztreppe in einer Ecke führte hinauf zu einer Falltür, durch die man hinaus auf die Zinnen gelangte. Ein paar grobe Pritschen waren da, auf denen man schlafen konnte, und etliche Schränke und Bündel. Außerdem gab es eine Feuerstelle, die aussah, als hätte seit unzähligen Jahren niemand mehr ein Feuer darin angezündet.

»Am besten gehen wir erst einmal hinaus und sammeln Feuerholz, oder?«, sagte Jill.

»Noch nicht, Kameradin«, erwiderte Tirian. Er wollte auf keinen Fall, dass sie unbewaffnet überrascht würden, und begann die Schränke zu durchsuchen. Dabei erinnerte er sich dankbar daran, dass er immer sehr darauf geachtet hatte, diese Wehrtürme einmal im Jahr inspizieren zu lassen, damit immer alles Nötige vorhanden war. Die Bogensehnen waren da, in ölgetränkte Seidenlappen gewickelt, die Schwerter und Speere gegen den Rost eingefettet, und die Rüstungen glänzten wie neu in ihren Tüchern. Aber er fand noch etwas Besseres.

»Schaut her!«, sagte Tirian, während er ein langes Kettenhemd mit einem eigentümlichen Muster hervorzog und es den Kindern zeigte.

»Das ist eine seltsame Rüstung, Sire«, sagte Eustace.

»In der Tat, Junge«, erwiderte Tirian. »Das hat kein narnianischer Zwerg geschmiedet. Es ist ein kalormenisches Kettenhemd, eine ausländische Montur. Ich habe immer ein paar hier aufbewahrt, denn ich wusste nie, wann ich oder meine Freunde einmal Anlass haben mochten, unerkannt im Lande des Tisroc unterwegs zu sein. Und schaut euch diese steinerne Flasche an. Darin ist ein Saft, der uns, wenn wir damit unsere Hände und Gesichter einreiben, braun wie Kalormenen machen wird.«

»O hurra!«, rief Jill. »Verkleidungen! Ich liebe Verkleidungen.«

Tirian zeigte ihnen, wie sie ein wenig von dem Saft auf ihre Handflächen gießen und damit gründlich ihre Gesichter und Hälse einreiben konnten, bis hinunter zu den Schultern und dann ihre Hände bis hinauf zu den Ellbogen. Er selbst machte es genauso.

»Sobald der Saft auf der Haut getrocknet ist«, sagte er, »können wir uns mit Wasser waschen, ohne dass sich etwas verändert. Nur Öl und Asche wird uns wieder zu weißen Narnianen machen. Und nun, liebe Jill, schauen wir, wie dir dieses Kettenhemd steht. Es ist ein wenig zu lang, aber nicht so viel, wie ich befürchtet habe. Zweifellos gehörte es einem Pagen im Gefolge eines ihrer Tarkaane.«

Nach den Kettenhemden setzten sie sich kalormenische Helme auf, klein und rund, mit einer Spitze obendrauf und eng am Kopf anliegend. Dann nahm Tirian lange Rollen eines weißen Stoffes aus dem Schrank und wickelte sie um die Helme, bis sie zu Turbanen wurden; nur die kleine Stahlspitze ragte in der Mitte noch heraus. Er und Eustace nahmen sich kalormenische Krummsäbel und kleine runde Schilde. Es war kein Schwert da, das leicht genug für Jill gewesen wäre, doch er gab ihr ein langes, gerades Jagdmesser, das zur Not auch als Schwert herhalten konnte.

»Verstehst du mit Pfeil und Bogen umzugehen, Maid?«, fragte Tirian.

»Nicht besonders«, sagte Jill und wurde rot. »Scrubb ist nicht übel.«

»Glaubt ihr kein Wort, Sire«, sagte Eustace. »Wir haben beide Bogenschießen geübt, seit wir das letzte Mal aus Narnia zurückgekommen sind, und sie ist inzwischen so ziemlich genauso gut wie ich. Was nicht viel heißen will.«

Daraufhin gab Tirian Jill einen Bogen und einen Köcher mit Pfeilen.

Als Nächstes war ein Feuer anzuzünden, denn in diesem Turm hatte man eher das Gefühl, in einer Höhle zu sein als in einem Haus, und sie fröstelten. Doch beim Holzsammeln wurde ihnen warm – die Sonne hatte inzwischen ihren höchsten Punkt erreicht –, und sobald die Flammen unter dem Schornstein prasselten, wurde es allmählich gemütlich. Freilich fiel das Abendessen ziemlich trostlos aus, denn das Beste, was sie zustande brachten, war, etwas von dem harten Gebäck, das sie in einem Schrank fanden, zu zerbröckeln und mit Salz in kochendem Wasser einzuweichen, sodass eine Art Brei dabei herauskam. Und zu trinken gab es natürlich nichts als Wasser.

»Ich wünschte, wir hätten ein Päckchen Tee dabei«, sagte Jill.

»Oder eine Büchse Kakao«, sagte Eustace.

»Ein Viertelfass guten Weines in jedem dieser Türme wäre nicht verkehrt gewesen«, sagte Tirian.

Eine arbeitsreiche Nacht

Etwa vier Stunden später warf sich Tirian auf eine der Pritschen, um ein wenig zu schlafen. Die beiden Kinder schnarchten bereits. Er hatte sie zu Bett geschickt, lange bevor er selbst sich hinlegte, da sie den größten Teil der Nacht auf sein würden, und er wusste, dass sie in ihrem Alter nicht ohne Schlaf auskommen konnten. Außerdem hatte er sie ziemlich müde gemacht. Zuerst hatte er Jill ein wenig Bogenschießen üben lassen und festgestellt, dass sie wirklich nicht schlecht darin war, wenn auch nicht ganz auf narnianischer Höhe. Sie hatte es sogar geschafft, ein Kaninchen zu schießen (natürlich kein *Sprechendes* Kaninchen; im Westen Narnias gibt es jede Menge von der gewöhnlichen Sorte), und es war bereits gehäutet, ausgenommen und aufgehängt. Wie er merkte, kannten sich beide Kinder gut mit dieser klammen und stinkenden Arbeit aus; solche Dinge hatten sie auf ihrer großen Reise durch das Riesenland in den Tagen Prinz Rilians gelernt.

Dann hatte er versucht Eustace beizubringen, wie man mit Schwert und Schild umgeht. Eustace war bei seinen früheren Abenteuern eine ganze Menge über den Schwertkampf beigebracht worden, aber dabei hatte er stets ein gerades narnianisches Schwert benutzt. Einen kalormenischen Krummsäbel hatte er noch nie in der Hand gehabt, und das machte es ihm schwer, denn viele Hiebe sind dabei ganz anders auszuführen, und manche Gewohnheiten, die er sich mit dem Langschwert angeeignet hatte, musste er nun wieder ablegen. Doch Tirian stellte fest, dass er ein gutes Auge hatte und sehr flink auf den Füßen war. Überrascht war er darüber, wie stark beide Kinder waren. Ihm schien sogar, als wären sie schon viel stärker und größer und erwachsener geworden, seit er sie vor wenigen Stunden zum ersten Mal gesehen hatte. Das ist eine der Wirkungen, die die narnianische Luft oft auf Besucher aus unserer Welt hat.

Alle drei waren sich einig, dass sie als Erstes zurück zum Stallhügel gehen mussten, um das Einhorn Saphir zu befreien. Wenn ihnen das gelungen war, würden sie versuchen sich nach Osten durchzuschlagen und mit der kleinen Armee zusammenzutreffen, mit der der Zentaur Runwit von Cair Paravel anrücken würde.

Ein erfahrener Krieger und Jäger wie Tirian kann immer genau dann aufwachen, wann er es sich vorgenommen hat. Er gab sich Zeit bis neun Uhr an jenem Abend, vertrieb dann alle Sorgen aus seinen Gedanken und schlief sogleich ein. Es schien nur ein Moment vergangen zu sein, bis er erwachte, aber er merkte am Licht und an der ganzen Atmosphäre, dass er seinen Schlaf genau richtig bemessen hatte. Er stand auf, setzte seinen Helm-Turban auf (das Kettenhemd hatte er beim Schlafen anbehalten) und rüttelte dann die beiden anderen, bis sie aufwachten. Um die Wahrheit zu sagen, sie sahen ziemlich grau und elend aus, als sie von ihren Pritschen aufstanden, und es gab eine Menge Gegähne.

»So«, sagte Tirian. »Wir gehen von hier aus gerade nach Norden – zum Glück ist es eine sternenklare Nacht –, der Weg wird viel kürzer sein als unserer heute Morgen, denn da haben wir einen Umweg gemacht, aber jetzt werden wir den direkten Weg nehmen. Wenn wir angehalten werden, schweigt ihr beide. Ich werde mein Bestes tun, wie so ein verdammter grausamer, stolzer Herr aus Kalormen zu reden. Ziehe ich mein Schwert, so musst du, Eustace, dasselbe tun und Jill soll hinter uns springen und mit einem Pfeil auf der Sehne bereitstehen. Wenn ich aber ›heim‹ rufe, dann flieht ihr beide zurück zum Turm. Auf keinen Fall versucht ihr weiterzukämpfen – nicht einen Hieb mehr –, nachdem ich zum Rückzug gerufen habe; solch falsche Tapferkeit hat schon manchen beachtlichen Plan im Krieg zunichtegemacht. Und nun, Freunde, lasst uns im Namen Aslans aufbrechen.«

Und so traten sie hinaus in die kalte Nacht. All die großen Sterne des Nordens loderten über den Baumwipfeln. Der Nordstern jener Welt wird Speerspitze genannt und ist heller als unser Polarstern.

Eine Zeit lang konnten sie direkt auf die Speerspitze zu halten, doch bald kamen sie an ein undurchdringliches Dickicht und mussten von ihrem Kurs abweichen, um es zu umgehen. Und danach, immer noch überschattet von dichtem Geäst, hatten sie Mühe, sich wieder zu orientieren. Es war Jill, die sie wieder auf den richtigen Weg brachte; sie war schon in England eine hervorragende Führerin gewesen. Und natürlich kannte sie die narnianischen Sterne genau, nachdem sie so lange in der Wildnis des Nordens unterwegs gewesen war. Sie konnte ihre Richtung mithilfe anderer Sterne bestimmen, selbst wenn die Speerspitze nicht zu sehen war.

Sobald Tirian erkannte, dass sie die beste Pfadfinderin der drei war, ließ er sie vorausgehen. Dann staunte er darüber, wie leise und fast unsichtbar sie vor ihnen dahinglitt.

»Bei der Mähne!«, flüsterte er Eustace zu. »Dieses

Mädchen ist eine großartige Waldmaid. Sie könnte es kaum besser machen, wenn sie Dryadenblut in ihren Adern hätte.«

»Sie ist so klein, das macht es ihr leicht«, flüsterte Eustace. Doch Jill ermahnte sie von vorne: »Psst, macht nicht so viel Lärm!«

Ringsum war es sehr still im Wald. Es war sogar viel zu still. In einer gewöhnlichen narnianischen Nacht hätte es Geräusche gegeben – hier das fröhliche »Gute Nacht« eines Igels, oben der Schrei einer Eule, dort vielleicht eine Flöte in der Ferne, die von tanzenden Faunen kündete, oder klopfende, hämmernde Geräusche von den Zwergen unter der Erde. Von alledem war nichts zu hören: Bedrückung und Furcht herrschte über Narnia.

Nach einer Weile ging es steil bergauf und die Bäume standen weiter auseinander. Tirian konnte die vertraute Hügelkuppe mit dem Stall bereits schemenhaft erkennen. Jill ging nun immer vorsichtiger; dabei gab sie den anderen immer wieder Handzeichen, es ebenso zu machen. Dann blieb sie reglos stehen und Tirian sah, wie sie sich langsam ins Gras sinken ließ und ohne einen Laut verschwand. Im nächsten Moment erhob sie sich wieder, hielt ihren Mund dicht an Tirians Ohr und flüsterte, so leise sie konnte: »Auf den Boden. Bessere Sicht.« Das Wort »bessere« sprach sie so aus, als ob sie lispelte. Nicht weil sie tatsächlich einen Sprachfehler hatte, sondern weil sie wusste, dass das zischende S am leichtesten zu hören ist, auch wenn man noch so leise flüstert.

Tirian legte sich sofort hin, fast so leise wie Jill, aber nicht ganz, denn er war schwerer und älter. Sobald sie am Boden lagen, merkte er, dass sich aus dieser Position die Kuppe des Hügels klar vor dem sternenübersäten Himmel abzeichnete. Zwei schwarze Umrisse erhoben sich davor: Der eine war der Stall, der andere, ein paar Schritte davor, ein kalormenischer Wächter. Er hielt ziemlich schlecht Wache: Statt auf und ab zu gehen oder auch nur zu stehen, saß er da, den Speer über die Schulter gelegt und das Kinn auf die Brust gesenkt.

»Gut gemacht«, sagte Tirian zu Jill. Sie hatte ihm genau das gezeigt, was er wissen musste.

Sie standen wieder auf und nun übernahm Tirian die Führung. Sie wagten kaum zu atmen, während sie sich ganz langsam den Hang hinauf bis zu einer kleinen Baumgruppe vortasteten, höchstens vierzig Fuß von dem Wächter entfernt.

»Wartet hier, bis ich zurückkomme«, flüsterte er den beiden anderen zu. »Wenn ich scheitere, flieht.« Dann schlenderte er kühn geradewegs ins Blickfeld des Feindes.

Der Mann fuhr zusammen, als er ihn sah, und wollte gerade aufspringen. Er fürchtete, Tirian sei einer seiner Vorgesetzten und er würde nun Ärger bekommen, weil er sich hingesetzt hatte. Doch bevor er auf die Beine kam, hatte sich Tirian neben ihm auf ein Knie niedergelassen und sagte: »Bist du ein Krieger des Tisroc, möge-er-ewig-leben? Es tut meinem Herzen wohl, dich unter all diesen Bestien und Teufeln von Narnianen zu treffen. Gib mir deine Hand, mein Freund.«

Bevor er wusste, wie ihm geschah, fand der kalormenische Wächter seine rechte Hand mit mächtigem Griff umklammert. Im nächsten Moment kniete jemand auf seinen Beinen und eine Klinge wurde gegen seinen Hals gepresst.

»Ein Laut und du bist des Todes«, flüsterte Tirian ihm ins Ohr. »Sag mir, wo das Einhorn ist, und du bleibst am Leben.«

»H-hinter dem Stall, o mein Meister«, stammelte der Bedauernswerte.

»Gut. Steh auf und führe mich zu ihm.«

Während der Mann sich aufrappelte, wich die Spitze des Dolches keinen Augenblick lang von seinem Hals. Sie wanderte lediglich (kalt und ziemlich kitzlig) herum, als Tirian sich hinter ihn bewegte, und kam an einer gut erreichbaren Stelle unter seinem Ohr zur Ruhe. Zitternd ging die Wache um den Stall herum nach hinten.

Trotz der Dunkelheit erkannte Tirian die weiße Gestalt Saphirs sofort.

»Pst!«, machte er. »Nein, nicht wiehern. Ja, Saphir, ich bin es. Wie haben sie dich gefesselt?«

»Fußfesseln an allen vier Beinen und mit einem Zügel an einem Ring an der Stallwand festgemacht«, erklang Saphirs Stimme.

»Stell dich hierher, Wächter, mit dem Rücken zur Wand. So. Saphir, setz diesem Kalormenen die Spitze deines Horns auf die Brust.«

»Mit Freuden, Sire«, erwiderte Saphir.

»Wenn er sich rührt, durchbohrst du ihm das Herz.«

Dann durchschnitt Tirian in wenigen Sekunden die Seile. Mit den Überresten fesselte er den Wächter an Händen und Füßen. Schließlich zwang er ihn, den Mund aufzumachen, stopfte ihn mit Gras voll und band ihm den Unterkiefer am Schädel fest, sodass er keinen Laut von sich geben konnte. Er senkte den Mann in eine sitzende Haltung und lehnte ihn gegen die Wand.

»Ich habe dich unhöflich behandelt, Soldat«, sagte Tirian. »Aber meine Not verlangte es. Sollten wir uns wieder begegnen, mag es sein, dass ich es dir entgelten werde. Und nun, Saphir, lass uns leise verschwinden.«

Er legte dem Tier seinen linken Arm um den Hals,

beugte sich vor und küsste es auf die Nase, und beide spürten große Freude in sich aufsteigen. So leise sie konnten, kehrten sie zu der Stelle zurück, wo er die Kinder verlassen hatte. Dort unter den Bäumen war es dunkler, und er stieß fast mit Eustace zusammen, bevor er ihn sah.

»Es ist alles gut«, flüsterte Tirian. »Das war eine arbeitsreiche Nacht. Nun heimwärts.«

Sie machten kehrt und waren schon einige Schritte gegangen, als Eustace sagte: »Wo bist du, Pole?« Es kam keine Antwort. »Ist Jill auf Eurer anderen Seite, Sire?«, fragte er.

»Was?«, fragte Tirian zurück. »Ist sie denn nicht auf deiner anderen Seite?«

Es war ein schrecklicher Augenblick. Sie wagten es nicht, zu rufen, aber sie flüsterten ihren Namen so laut, wie sie nur flüstern konnten. Es kam keine Antwort.

»Ist sie von dir fortgegangen, während ich weg war?«, fragte Tirian.

»Ich habe sie nicht weggehen gesehen oder gehört«, antwortete Eustace. »Aber sie könnte gegangen sein, ohne dass ich es gemerkt habe. Sie kann schleichen wie eine Katze. Ihr habt es selbst gesehen.«

In diesem Moment hörten sie Trommelschlag aus weiter Ferne. Saphir richtete seine Ohren nach vorn. »Zwerge«, sagte er.

»Und zwar verräterische Zwerge; Feinde, mit höchster Wahrscheinlichkeit«, murmelte Tirian.

»Und hier kommt etwas auf Hufen, viel näher«, sagte Saphir.

Die beiden Menschen und das Einhorn blieben reglos stehen. Es gab jetzt so viele Dinge, die ihnen zu schaffen machten, dass sie nicht wussten, was sie tun sollten. Die Hufschläge kamen stetig näher.

Dann flüsterte ganz dicht bei ihnen eine Stimme: »Hallo! Seid ihr alle da?«

Dem Himmel sei Dank, es war Jill.

»Wo zum Teufel warst du?«, flüsterte Eustace ihr wütend zu, denn der Schreck war ihm tief in die Glieder gefahren.

»Im Stall«, stieß Jill hervor, als hätte sie Mühe, ein Lachen zu unterdrücken.

»Oh«, knurrte Eustace, »du findest das wohl witzig, was? Also, dazu kann ich nur sagen …«

»Habt Ihr Saphir befreit, Sire?«, fragte Jill.

»Ja, hier ist er. Was ist das für ein Tier, das du bei dir hast?«

»Das ist *er*«, sagte Jill. »Aber lasst uns lieber zurückgehen, bevor noch jemand aufwacht.« Und wieder wurde sie von einem unterdrückten Lachen geschüttelt.

Die anderen gehorchten sogleich, denn sie hatten sich bereits lange genug an diesem gefährlichen Ort aufgehalten, und die Zwergentrommeln schienen schon ein wenig näher gekommen zu sein. Erst nachdem sie einige Minuten lang nach Süden marschiert waren, fragte Eustace:

»*Er?* Wen meinst du mit *er?*«

»Den falschen Aslan«, sagte Jill.

»Was?«, fragte Tirian. »Wo bist du gewesen? Was hast du gemacht?«

»Nun, Sire«, berichtete Jill. »Als ich sah, dass Ihr den Wächter aus dem Weg geschafft hattet, kam mir der Gedanke, einen Blick in den Stall zu werfen und zu sehen, was da drinnen wirklich ist. Also kroch ich hin. Es war eine Kleinigkeit, den Riegel zu lösen. Drinnen war es natürlich stockfinster und es roch genauso wie in jedem anderen Stall. Dann habe ich ein Licht angezündet und – ob Ihr es glaubt oder nicht – da war überhaupt nichts außer diesem alten Esel, in ein Bündel Löwenfell gewickelt. Ich zog mein Messer und sagte ihm, er müsse mit mir kommen. Ehrlich gesagt, ich hätte ihn gar nicht erst mit dem Messer zu bedrohen brauchen. Er hatte ziemlich die Nase voll von dem Stall und ist nur zu gern mitgekommen – stimmt's, lieber Dussel?«

»Menschenskind!«, sagte Eustace. »Also, jetzt bin ich aber baff. Eben war ich noch stinksauer auf dich, und ich finde immer noch, dass es ganz schön fies von dir war, dich so einfach ohne uns davonzuschleichen. Aber ich muss zugeben – also, was ich meine, ist – na ja, das war einfach ein Meisterstück! Wenn sie ein Junge wäre, müsste man sie zum Ritter schlagen, nicht wahr, Sire?«

»Wenn sie ein Junge wäre«, sagte Tirian, »würde sie wegen Missachtung von Befehlen ausgepeitscht werden.« Und im Dunkeln konnte niemand sehen, ob er das mit finsterer Miene oder mit einem Lächeln sagte. Im nächsten Moment war ein schleifendes metallisches Geräusch zu hören.

»Was tut Ihr da, Sire?«, fragte Saphir scharf.

»Ich ziehe mein Schwert, um diesem verfluchten Esel den Kopf abzuschlagen«, sagte Tirian mit unheilvoller Stimme. »Aus dem Weg, Mädchen.«

»O nein, bitte tut das nicht«, sagte Jill. »Wirklich, das dürft Ihr nicht. Es war nicht seine Schuld. Der Affe steckt dahinter. Er wusste es nicht besser. Es tut ihm auch sehr leid. Und er ist ein netter Esel. Sein Name ist Dussel. Und ich habe meine Arme um seinen Hals gelegt.«

»Jill«, sagte Tirian, »du bist die tapferste und walderfahrenste unter all meinen Untertanen, aber zugleich die aufsässigste und ungehorsamste. Nun gut, der Esel soll am Leben bleiben. Was hast du zu deiner Rechtfertigung zu sagen, Esel?«

»Ich, Sire?«, ertönte die Stimme des Esels. »Es tut mir wirklich sehr leid, wenn ich etwas falsch gemacht habe. Der Affe hat gesagt, Aslan *wolle,* dass ich mich so verkleide. Und ich dachte, er müsse es wissen. Ich bin nicht so schlau wie er. Ich habe nur getan, was er mir sagte. Es hat mir überhaupt keinen Spaß gemacht, in diesem Stall zu wohnen. Ich weiß nicht einmal, was da draußen vor sich ging. Er hat mich ja nie herausgelassen, höchstens mal abends für ein oder zwei Minuten. An manchen Tagen haben sie sogar vergessen, mir Wasser zu geben.«

»Sire«, sagte Saphir. »Diese Zwerge kommen immer näher. Wollen wir ihnen begegnen?«

Tirian überlegte einen Moment und lachte dann plötzlich laut auf. Als er dann wieder sprach, flüsterte er nicht mehr. »Beim Löwen«, sagte er, »ich werde allmählich begriffsstutzig! Ihnen begegnen? Natürlich werden wir ihnen begegnen. Wir werden jetzt jedem begegnen. Wir werden ihnen diesen Esel zeigen. Sollen sie sehen, wovor sie sich gefürchtet und verneigt haben. Wir werden ihnen zeigen, was in Wahrheit hinter dem üblen Plan des Affen steckt. Sein Geheimnis ist ans Licht gekommen. Das Blatt hat sich gewendet. Morgen werden wir diesen Affen an den höchsten Baum in ganz Narnia hängen. Schluss mit dem Geflüster und Geschleiche und mit den Verkleidungen. Wo sind diese wackeren Zwerge? Wir haben gute Neuigkeiten für sie.«

Wenn man stundenlang geflüstert hat, hat der Klang einer lauten Stimme eine wunderbar aufrüttelnde Wirkung. Die ganze Schar begann zu reden und zu lachen; sogar Dussel hob den Kopf und stieß ein prächtiges Iah-iah-iah aus, wie er es auf Geheiß des Affen tagelang nicht hatte tun dürfen. Dann setzten sie sich in

Richtung der Trommelschläge in Bewegung. Sie wurden stetig lauter und bald sahen sie auch Fackelschein. Schließlich stießen sie auf eine jener Holperstraßen (in England würden wir sie wohl überhaupt nicht als Straßen bezeichnen), die durch das Laternendickicht verliefen. Und dort kamen etwa dreißig Zwerge wacker dahermarschiert, allesamt mit ihren kleinen Spaten und Hacken auf den Schultern. Zwei bewaffnete Kalormenen führten den Zug an und zwei weitere gingen am Schluss.

»Halt!«, donnerte Tirian, als er hinaus auf die Straße trat. »Halt, Soldaten! Wohin führt ihr diese narnianischen Zwerge und auf wessen Befehl?«

Allerhand über Zwerge

Als die beiden kalormenischen Soldaten an der Spitze des Zuges, wie sie meinten, einen Tarkaan oder großen Herrn mit zwei bewaffneten Pagen vor sich sahen, blieben sie stehen und erhoben grüßend ihre Speere.

»O mein Meister«, sagte einer von ihnen, »wir führen diese Zwerge nach Kalormen, wo sie in den Minen des Tisroc, möge-er-ewig-leben, arbeiten werden.«

»Beim großen Gott Tash, sie sind sehr gehorsam«, sagte Tirian. Dann wandte er sich plötzlich an die Zwerge selbst. Etwa jeder Sechste von ihnen trug eine Fackel, in deren flackerndem Schein er ihre bärtigen Gesichter sehen konnte, die ihn mit grimmiger, störrischer Miene ansahen. »Hat der Tisroc eine große Schlacht geschlagen, Zwerge, und euer Land erobert«, fragte er, »dass ihr so duldsam hingeht, um in den Salzgruben von Pugrahan zu sterben?«

Die beiden Soldaten sahen ihn überrascht an, doch die Zwerge antworteten alle: »Aslan hat es befohlen, Aslan hat es befohlen. Er hat uns verkauft. Was können wir schon gegen *ihn* tun?«

»Der Tisroc eingeschlossen, dass ich nicht lache!«, fügte einer hinzu und spie aus. »Das möchte ich sehen, wie er das versucht!«

»Schweigt, ihr Hunde!«, sagte der Anführer der Soldaten.

»Schaut her!«, sagte Tirian und zog Dussel vorwärts ins Licht. »Es war alles nur eine Lüge. Aslan ist überhaupt nicht nach Narnia gekommen. Ihr seid von dem Affen betrogen worden. Das hier ist das Tier, das er aus dem Stall geholt hat, um es euch zu zeigen. Schaut es euch an.«

Nun, da sie es aus der Nähe betrachten konnten, sahen die Zwerge genug, um sich zu fragen, wie sie sich je so hatten hinters Licht führen lassen können. Das Löwenfell war schon während Dussels Gefangenschaft im Stall ziemlich durcheinandergeraten, und im Lauf der Wanderung durch den dunkeln Wald war es vollends verrutscht. Der größte Teil hing in einem Klumpen an seiner Schulter. Der Kopf war nicht nur zur Seite verschoben, sondern auch irgendwie ziemlich weit zurückgerutscht, sodass jeder nun sein einfältiges, freundliches Eselsgesicht daraus hervorlugen sah. Aus einem seiner Mundwinkel ragten ein paar Grashalme, denn er hatte unterwegs ganz nebenbei ein wenig gegrast. Und er murmelte vor sich hin: »Es war nicht meine Schuld, ich bin nicht schlau. Ich habe nie behauptet, ich wäre es.«

Eine Sekunde lang starrten alle Zwerge Dussel mit weit aufgerissenen Mündern an, dann sagte einer der Soldaten in scharfem Ton: »Seid Ihr des Wahnsinns, mein Meister? Was macht Ihr denn mit den Sklaven?« Und der andere sagte: »Und wer seid Ihr überhaupt?« Jetzt waren ihre Speere nicht mehr grüßend erhoben – sie hielten sie beide kampfbereit gesenkt.

»Nennt mir das Passwort«, sagte der Anführer der Soldaten.

»Dies ist mein Passwort«, sagte der König, während er sein Schwert zog. »*Das Licht bricht herein, die Lüge ist zerschlagen*. Und nun hüte dich, Schurke, denn ich bin Tirian von Narnia.«

Wie der Blitz stürzte er sich auf den Anführer der

Soldaten. Eustace, der es dem König gleichgetan hatte, als er ihn das Schwert ziehen sah, stürmte auf den anderen zu; sein Gesicht war leichenblass, aber das kann ich ihm nicht verdenken. Er hatte das Glück, das Anfänger manchmal haben. Er vergaß alles, was Tirian ihm an diesem Nachmittag beizubringen versucht hatte, schlug wild um sich (ich bin mir nicht einmal sicher, ob er nicht die Augen geschlossen hatte) und stellte plötzlich zu seiner eigenen großen Überraschung fest, dass der Kalormene tot zu seinen Füßen lag. Bei aller Erleichterung erschrak er im ersten Moment zutiefst darüber.

Der Zweikampf des Königs dauerte ein paar Augenblicke länger; dann hatte auch er seinen Gegner niedergestreckt und rief Eustace zu: »Hüte dich vor den anderen beiden!«

Doch die Zwerge hatten die beiden verbliebenen Kalormenen erledigt. Es war kein Feind mehr übrig.

»Gut gekämpft, Eustace!«, rief Tirian und schlug ihm auf den Rücken. »Nun, ihr Zwerge, ihr seid frei. Morgen werde ich euch anführen, um ganz Narnia zu befreien. Ein dreifaches Hoch auf Aslan!«

Doch die Antwort, die darauf folgte, war einfach erbärmlich. Ein paar Zwerge (etwa fünf) unternahmen einen schwächlichen Versuch, der plötzlich wieder erstarb; von mehreren anderen kam nur ein missmutiges Knurren. Viele sagten überhaupt nichts.

»Haben sie denn nicht verstanden?«, fragte Jill ungeduldig. »Was ist denn mit euch Zwergen los? Hört ihr nicht, was der König sagt? Es ist vorbei! Der Affe wird nicht länger über Narnia herrschen. Alle können wieder zu ihrem gewohnten Leben zurückkehren. Ihr könnt wieder euren Spaß haben. Freut ihr euch denn nicht?«

Nach einem Schweigen, das fast eine Minute dauerte, sagte ein nicht sehr nett aussehender Zwerg, dessen Haare und Bart schwarz wie Ruß waren: »Wer bist du denn, Fräuleinchen, wenn ich fragen darf?«

»Ich bin Jill«, sagte sie. »Dieselbe Jill, die Prinz Rilian von seiner Verzauberung befreit hat – und das hier ist Eustace, der auch dabei war – und wir sind nach Hunderten von Jahren aus einer anderen Welt zurückgekehrt. Aslan hat uns gesandt.«

Die Zwerge schauten einander grinsend an; ein höhnisches Grinsen war es, kein fröhliches.

»Nun«, sagte der Schwarze Zwerg (dessen Name Griffel war), »ich weiß ja nicht, wie ihr Jungs das seht, aber was mich betrifft, so reicht mir das, was ich von Aslan gehört habe, für den Rest meines Lebens.«

»Das kann man wohl sagen«, knurrten die anderen Zwerge. »Das ist doch alles Schwindel, ein einziger Riesenschwindel.«

»Was soll das denn heißen?«, fragte Tirian. Bei seinem Kampf war er nicht blass gewesen, aber jetzt war er es. Er hatte gedacht, dies würde ein herrlicher Augenblick werden, doch nun entpuppte es sich eher als böser Traum.

»Ihr denkt wohl, wir hätten nichts als Stroh im Kopf, was?«, sagte Griffel. »Einmal haben wir uns an der Nase herumführen lassen und jetzt glaubt Ihr, dass Ihr uns im nächsten Moment gleich wieder verschaukeln könnt. Wir wollen von Aslan nichts mehr hören, versteht Ihr! Schaut ihn Euch an! Ein alter Esel mit langen Ohren!«

»Beim Himmel, ihr macht mich wütend«, sagte Tirian. »Wer von uns hat denn behauptet, *das* hier sei Aslan? Es ist nur das, was euch der Affe als den echten Aslan vorgegaukelt hat. Versteht ihr das nicht?«

»Und Ihr könnt ihn uns besser vorgaukeln, nehme ich an!«, erwiderte Griffel. »Nein danke. Wir sind einmal zum Narren gehalten worden und das passiert uns nicht wieder.«

»Das kann ich nicht«, sagte Tirian wütend. »Ich diene dem echten Aslan.«

»Wo ist er? Wer ist er? Zeigt ihn uns!«, riefen mehrere Zwerge durcheinander.

»Meint ihr, ich trage ihn in meinem Beutel bei mir, ihr Narren?«, erwiderte Tirian. »Wer bin ich, dass ich Aslan auf mein Wort hin erscheinen lassen könnte? Er ist kein zahmer Löwe.«

Kaum hatte er diese Worte ausgesprochen, wurde ihm klar, dass er einen Fehler gemacht hatte. Die Zwerge fingen sofort an, die Worte »kein zahmer Löwe, kein zahmer Löwe« in einem höhnischen Singsang nachzuäffen. »Das haben uns die anderen auch dauernd erzählt«, sagte einer.

»Soll das heißen, ihr glaubt nicht an den echten Aslan?«, fragte Jill. »Aber ich habe ihn gesehen. Und er hat uns beide aus einer anderen Welt hierhergeholt.«

»Ah«, sagte Griffel und grinste breit. »Das sagst *du*. Das haben sie dir aber schön eingetrichtert. Du sagst auf, was du auswendig gelernt hast, was?«

»Grobian!«, rief Tirian. »Willst du eine Dame der Lüge bezichtigen?«

»Vergreift Euch nur nicht im Ton, Meister«, entgegnete der Zwerg. »Ich glaube, wir können keine Könige mehr gebrauchen – falls Ihr überhaupt Tirian seid; ähnlich seht Ihr ihm nicht gerade –, genauso wenig wie wir irgendwelche Aslans gebrauchen können. Von jetzt an werden wir uns um uns selber kümmern und vor niemandem mehr die Mütze ziehen. Kapiert?«

»So ist es!«, sagten die anderen Zwerge. »Wir sind jetzt

auf uns allein gestellt. Kein Aslan mehr, keine Könige mehr, keine dummen Geschichten über andere Welten mehr. Die Zwerge sind für die Zwerge.« Und damit begannen sie sich aufzustellen und schickten sich an, dorthin zurückzumarschieren, woher sie gekommen waren.

»Ihr kleinen Biester!«, sagte Eustace. »Wollt ihr nicht einmal *Danke* dafür sagen, dass ihr vor den Salzminen bewahrt worden seid?«

»Ach, macht uns doch nichts vor«, gab Griffel über die Schulter zurück. »Ihr wolltet uns ausnutzen, deshalb habt ihr uns befreit. Ihr spielt doch auch nur euer eigenes Spiel. – Kommt, Jungs.«

Und die Zwerge stimmten das seltsame kleine Marschlied an, das zu dem Trommelschlag gesungen wurde, und stapften davon in die Dunkelheit.

Tirian und seine Freunde starrten ihnen nach. Dann sagte er nur das eine Wort: »Kommt«, und sie setzten ihre Wanderung fort.

Sie waren eine schweigsame Gesellschaft. Dussel hatte das Gefühl, immer noch in Ungnaden zu sein, und außerdem verstand er nicht ganz, was eben passiert war. Jill war neben ihrem Abscheu vor den Zwergen ziemlich beeindruckt von Eustaces Sieg über den Kalormenen und empfand fast so etwas wie Schüchternheit. Was Eustace selbst anging, so pochte sein Herz immer noch ziemlich wild. Tirian und Saphir gingen traurig nebeneinander am Ende. Der König hatte dem Einhorn seinen Arm auf die Schultern gelegt, und das Einhorn drückte hin und wieder seine weiche Nase gegen die Wange des Königs. Sie versuchten nicht, einander mit Worten zu trösten. Ihnen fiel nichts Tröstendes ein, was sie hätten sagen können.

Tirian hatte nicht einmal im Traum daran gedacht,

dass der Mummenschanz eines Affen mit einem falschen Aslan dazu führen könnte, dass die Leute nicht mehr an den echten Aslan glaubten. Er war ganz sicher gewesen, dass die Zwerge sich auf seine Seite schlagen würden, sobald er ihnen zeigte, wie sie getäuscht worden waren. Dann hätte er sie in der nächsten Nacht zum Stallhügel geführt und Dussel allen Geschöpfen vorgeführt, sodass alle sich gegen den Affen gewendet hätten, und dann, vielleicht nach einem Scharmützel mit den Kalormenen, wäre die ganze Sache vorbei gewesen. Doch nun schien es, als ob er sich auf nichts verlassen könnte. Wie viele Narnianen würden sich wohl genauso verhalten wie die Zwerge?

»Uns folgt jemand, glaube ich«, sagte Dussel plötzlich.

Sie blieben stehen und lauschten. Tatsächlich, hinter ihnen war das Tapsen kleiner Füße zu hören.

»Wer geht da?«, rief der König.

»Nur ich, Sire«, antwortete eine Stimme. »Ich, Poggin der Zwerg. Ich habe es eben erst geschafft, mich von den anderen davonzustehlen. Ich stehe auf Eurer Seite, Sire; und auf der Aslans. Gebt mir ein Zwergenschwert in die Faust und ich werde gerne einen Hieb für die gerechte Sache führen, bevor alles vorbei ist.«

Alle scharten sich um ihn, hießen ihn willkommen, priesen ihn und schlugen ihm auf den Rücken. Natürlich machte ein einzelner Zwerg keinen großen Unterschied, aber irgendwie heiterte es sie sehr auf, wenigstens diesen einen zu haben. Die Stimmung der ganzen Gesellschaft hellte sich auf. Allerdings hielt die Fröhlichkeit zumindest bei Jill und Eustace nicht sehr lange an, denn sie renkten sich inzwischen schier die Kiefer aus vor Gähnen und waren zu müde, um an etwas anderes als an ein Bett zu denken.

Es war die kälteste Stunde der Nacht, kurz vor der Dämmerung, als sie den Turm wieder erreichten. Hätte eine Mahlzeit auf sie gewartet, so hätten sie gerne etwas gegessen, aber an die Mühe und den Zeitaufwand, sich etwas zu machen, mochten sie nicht einmal denken. Sie tranken aus einem Bach, spritzten sich etwas Wasser ins Gesicht und taumelten auf ihre Lagerstätten, bis auf Dussel und Saphir, die sagten, sie hätten es draußen bequemer. Das war vielleicht auch besser so, denn ein Raum fühlt sich immer ziemlich überfüllt an, wenn ein Einhorn und ein dicker, ausgewachsener Esel sich darin aufhalten.

Narnianische Zwerge sind zwar kaum vier Fuß groß, aber für ihre Größe sind sie so ziemlich die zähesten und stärksten Geschöpfe, die es gibt, sodass Poggin trotz des schweren Tages und der langen Nacht, die er hinter sich hatte, völlig ausgeruht vor allen anderen erwachte. Sogleich nahm er Jills Bogen, zog los und schoss ein paar Waldtauben. Dann setzte er sich auf die Türschwelle, um sie zu rupfen, und unterhielt sich dabei mit Saphir und Dussel.

Dussel sah an diesem Morgen schon viel besser aus und fühlte sich auch so. Saphir, der ein Einhorn und damit eines der edelsten und feinfühligsten aller Tiere war, war sehr freundlich zu ihm gewesen und hatte mit ihm über Dinge geredet, die sie beide verstehen konnten, wie Gras und Zucker und die Pflege ihrer Hufe. Als um beinahe halb elf Jill und Eustace gähnend und sich die Augen reibend aus dem Turm kamen, zeigte ihnen der Zwerg, wo sie reichlich Wilde Fresenien sammeln konnten, ein narnianisches Kraut, das so ähnlich aussieht wie unser Sauerampfer, aber gekocht viel besser schmeckt. (Am besten schmeckt er mit etwas Butter und Pfeffer, aber die hatten sie natürlich nicht.)

So bekamen sie nach und nach die Zutaten für einen ordentlichen Eintopf zum Frühstück zusammen, oder zum Mittagessen, wie man's nimmt. Tirian ging mit einer Axt ein Stück weiter in den Wald hinein und brachte ein paar Äste als Brennholz mit. Während das Essen kochte – was sehr lange zu dauern schien, besonders, da es immer leckerer duftete, je garer es wurde –, fand der König eine komplette Zwergenausrüstung für Poggin: Kettenhemd, Helm, Schild, Schwert, Gurt und Dolch. Dann inspizierte er Eustaces Schwert und stellte fest, dass Eustace es schmutzig, wie es war, in die Scheide gesteckt hatte, nachdem er den Kalormenen damit getötet hatte. Dafür wurde er gescholten und musste es nun säubern und polieren.

Die ganze Zeit über lief Jill hin und her, rührte ab und zu im Topf und beobachtete dann wieder neidisch den Esel und das Einhorn, die zufrieden grasten. Wie oft wünschte sie sich an diesem Vormittag, sie könnte auch Gras essen!

Doch als das Essen fertig war, fanden alle, dass sich das Warten gelohnt habe, und jeder nahm gern noch eine zweite Portion.

Nachdem alle so viel gegessen hatten, wie sie konnten, setzten die drei Menschen und der Zwerg sich auf die Türschwelle, die Vierbeiner legten sich ihnen gegenüber auf den Boden, der Zwerg zündete sich (mit Erlaubnis von Jill und Tirian) seine Pfeife an und der König sagte: »Nun, Freund Poggin, du wirst sicher mehr Neuigkeiten über den Feind wissen als wir. Sag uns alles, was du weißt. Zuerst, was für eine Geschichte erzählen sie über meine Flucht?«

»Eine so ausgeklügelte Geschichte, Sire, wie man sie sich noch nie zuvor hat einfallen lassen«, antwortete Poggin. »Es war der Kater Rosso, der sie erzählte, und wahrscheinlich hat er sie auch erfunden. Dieser Rosso, Sire – oh, er ist ein Schlaukopf, wie er im Buche steht –, sagte, er sei an dem Baum vorbeigekommen, an den diese Schurken Eure Majestät gefesselt hatten. Und er sagte (wenn Ihr mir verzeihen wollt), Ihr hättet geheult und gezetert und Aslan verflucht: ›Ausdrücke, die ich hier nicht wiederholen möchte‹, waren seine Worte, und wie geziert und schicklich er dabei aussah – ihr wisst ja, wie gut Katzen das können, wenn sie sich einschmeicheln wollen. Und dann, sagte Rosso, sei plötzlich in einem Lichtblitz Aslan selbst erschienen und habe Eure Majestät mit einem Bissen verschlungen. Alle Tiere erschauerten bei dieser Geschichte und einige fielen auf der Stelle in Ohnmacht. Und natürlich legte der Affe sofort nach. Seht ihr, sagte er, das macht Aslan mit allen, die ihm nicht die gebührende Achtung erweisen. Lasst euch das eine Warnung sein. Und die armen Geschöpfe heulten, jammerten und riefen: ›Ja, ja, das werden wir.‹ Letzten Endes hat also die Flucht Eurer Majestät sie nicht darüber nachdenken lassen, ob Ihr vielleicht doch noch loyale Freunde habt, die Euch helfen, sondern nur dazu geführt, dass sie sich noch mehr vor dem Affen fürchten und ihm gehorchen.«

»Teuflisch ausgedacht!«, sagte Tirian. »Dann ist also dieser Rosso eng mit dem Affen im Bunde.«

»Inzwischen ist die Frage wohl mehr, Sire, ob der Affe mit *ihm* im Bunde ist«, erwiderte der Zwerg. »Wisst Ihr, der Affe hat das Trinken angefangen. Meine Vermutung ist, dass die Verschwörung jetzt vor allem von Rosso oder Rishda betrieben wird – das ist der kalormenische Hauptmann. Und ich glaube, an dem niederträchtigen Dank, den die Zwerge Euch erwiesen haben, sind vor allem einige Gerüchte schuld, die Rosso unter ihnen ausgestreut hat. Ich sage Euch auch warum.

In der vorletzten Nacht hatte sich gerade eine jener schrecklichen Mitternachtsversammlungen aufgelöst, und ich war schon ein Stück auf dem Weg nach Hause, als ich merkte, dass ich meine Pfeife zurückgelassen hatte. Da es eine meiner Lieblingspfeifen war, eine richtig gute, ging ich zurück, um sie zu suchen. Doch bevor ich zu der Stelle kam, wo ich gesessen hatte (es war stockfinster dort), hörte ich eine Katzenstimme *Miau* sagen und die Stimme eines Kalormenen antwortete: ›Hier … sprich leise‹. So blieb ich stocksteif stehen, als wäre ich zu Eis gefroren. Die beiden waren Rosso und Rishda Tarkaan, wie sie ihn nennen.

›Edler Tarkaan‹, sagte der Kater mit seiner seidigen Stimme, ›ich wollte nur wissen, wie wir beide das heute genau gemeint haben, als wir sagten, Aslan bedeute *nicht mehr* als Tash.‹

›Zweifellos, weisester aller Kater‹, sagt der andere, ›hast du sehr gut verstanden, wie ich das gemeint habe.‹

›Ihr meintet‹, sagt Rosso, ›dass es keinen von beiden wirklich gibt.‹

›Das wissen alle, die bei Verstand sind‹, sagte der Tarkaan.

›Dann verstehen wir einander‹, schnurrt der Kater. ›Geht es Euch so wie mir, dass Ihr allmählich genug von dem Affen habt?‹

›Ein dummes, gieriges Vieh‹, sagt der andere, ›aber fürs Erste brauchen wir ihn. Du und ich, wir müssen alles insgeheim planen und den Affen dazu bringen, das zu tun, was wir wollen.‹

›Und es wäre sicher ratsam‹, sagte Rosso, ›einige der verständigeren Narnianen ins Vertrauen zu ziehen; einen nach dem anderen, so wie wir sie für geeignet befinden. Denn die Tiere, die wirklich an Aslan glauben, können jeden Moment umschwenken; und das werden sie auch, wenn des Affen Torheit sein Geheimnis verrät. Diejenigen jedoch, die sich weder um Tash noch um Aslan scheren, sondern nur ihren eigenen Nutzen im Auge haben und das, was der Tisroc ihnen geben mag, wenn erst Narnia eine kalormenische Provinz geworden ist, werden fest zu uns stehen.‹

›Ein vorzüglicher Gedanke, Kater‹, sagte der Hauptmann. ›Aber wähle mit Bedacht, wen du einweihst.‹«

Während der Erzählung des Zwerges schien sich das Wetter geändert zu haben. Als sie sich gesetzt hatten, hatte die Sonne geschienen. Jetzt fröstelte Dussel. Saphir drehte unbehaglich den Kopf. Jill blickte auf.

»Es zieht sich zu«, sagte sie.

»Und es ist so kalt«, sagte Dussel.

»Bitterkalt, beim Löwen!«, sagte Tirian und blies sich in die Hände. »Und pfui! Was ist das für ein übler Gestank?«

»Puh!«, keuchte Eustace. »Riecht wie etwas Totes. Liegt hier etwa irgendwo ein toter Vogel herum? Warum haben wir das nicht früher bemerkt?«

Saphir wälzte sich abrupt auf die Beine, stand auf und deutete mit seinem Horn.

»Seht!«, rief er. »Seht euch das an! Seht, seht nur!«

Und dann sahen es alle sechs; und ein Ausdruck äußersten Entsetzens breitete sich über ihre Gesichter.

Welche Nachricht der Adler brachte

Im Schatten der Bäume auf der anderen Seite der Lichtung bewegte sich etwas. Es glitt ganz langsam Richtung Norden. Auf den ersten Blick hätte man es für Rauch halten können, denn es war grau und man konnte durch es hindurchsehen. Doch der Todesgeruch war nicht der Geruch von Rauch. Außerdem behielt dieses Ding seine Form, anstatt zu wabern und sich zu kräuseln, wie es bei Rauch der Fall gewesen wäre. Es war von menschenähnlicher Gestalt, doch es hatte den Kopf eines Vogels; irgendeines Raubvogels mit einem grausamen krummen Schnabel. Seine vier Arme hielt es hoch über den Kopf und reckte sie nach Norden, als wollte es ganz Narnia an sich raffen; und seine Finger – alle zwanzig – waren krumm wie sein Schnabel und hatten statt Nägeln lange, spitze Vogelklauen. Statt zu gehen, schwebte es über das Gras, und unter ihm schien das Gras zu verdorren.

Nach einem Blick darauf stieß Dussel einen schrillen Schrei aus und verschwand mit einem Satz im Turm. Und Jill (die kein Feigling war, wie ihr wisst) verbarg ihr Gesicht in den Händen, um sich vor dem Anblick zu schützen. Die anderen beobachteten es etwa eine Minute lang, bis es zwischen den dichteren Bäumen zu ihrer Rechten davonwaberte und verschwand. Dann kam die Sonne wieder hervor und die Vögel begannen von Neuem zu singen.

Alle fingen wieder an, richtig zu atmen, und rührten

sich. Solange das Ding in Sicht gewesen war, hatten sie reglos wie Statuen dagestanden.

»Was war das?«, fragte Eustace flüsternd.

»Ich habe es schon einmal gesehen«, sagte Tirian. »Aber da war es ein steinernes Standbild, vergoldet und mit Augen aus massiven Diamanten. Ich war damals nicht älter als du und weilte als Gast am Hof des Tisroc in Tashbaan. Er führte mich in den großen Tempel des Tash. Dort sah ich es, aus Stein gehauen über dem Altar.«

»Dann war dieses – dieses Ding – Tash?«, fragte Eustace.

Doch statt ihm zu antworten, legte Tirian seinen Arm um Jills Schultern und fragte: »Geht es dir gut?«

»G-geht schon«, sagte Jill, nahm die Hände von ihrem bleichen Gesicht und versuchte zu lächeln. »Mir geht es gut. Mir ist nur einen Moment lang ein bisschen schlecht davon geworden.«

»Es scheint also«, sagte das Einhorn, »als ob es wirklich einen Tash gibt.«

»Ja«, sagte der Zwerg. »Und dieser Narr von einem Affen, der nicht an Tash geglaubt hat, wird sich wundern, was er sich da eingehandelt hat! Er hat nach Tash gerufen; Tash ist gekommen.«

»Wohin ist es – er – das Ding – gegangen?«, fragte Jill.

»Nach Norden, ins Herz von Narnia«, sagte Tirian. »Es ist gekommen, um sich unter uns niederzulassen. Sie haben es gerufen und es ist gekommen.«

»Ho, ho, ho«, gluckste der Zwerg und rieb sich die haarigen Hände. »Das wird eine Überraschung für den Affen. Man sollte eben nicht nach Dämonen rufen, wenn man nicht wirklich meint, was man sagt.«

»Wer weiß, ob Tash für den Affen sichtbar sein wird?«, sagte Saphir.

»Wo ist denn Dussel hin?«, fragte Eustace.

Alle riefen Dussels Namen, und Jill ging um den Turm herum, um zu sehen, ob er sich dahinter versteckt hatte.

Sie waren es schon ziemlich leid, nach ihm zu suchen, als endlich sein großer grauer Kopf vorsichtig zur Tür herausspähte und er sagte: »Ist es weg?« Und als sie ihn schließlich überredet hatten wieder herauszukommen, zitterte er wie ein Hund vor einem Gewitter.

»Jetzt verstehe ich«, sagte Dussel, »dass ich wirklich ein sehr böser Esel war. Ich hätte nie auf Trix hören dürfen. Ich hätte nie gedacht, dass solche Dinge geschehen könnten.«

»Hättest du, statt immerzu zu sagen, dass du nicht schlau bist, dir lieber Mühe gegeben, so schlau zu sein, wie du konntest ...«, fing Eustace an, aber Jill unterbrach ihn.

»Ach, lass doch den armen alten Dussel in Ruhe«, sagte sie. »Es war doch alles nur ein Irrtum, stimmt's, mein Dusselchen?« Und sie gab ihm einen Kuss auf die Nase.

Wenn auch immer noch ziemlich erschüttert über das, was sie gesehen hatten, setzten sich nun alle wieder hin und fuhren in ihrem Gespräch fort.

Saphir hatte ihnen nur wenig zu berichten. Seine Gefangenschaft hatte er fast die ganze Zeit hinter dem Stall angebunden verbracht und so natürlich nichts von den Plänen der Feinde mit anhören können. Man hatte ihn getreten (er hatte seinerseits auch ein paar Tritte ausgeteilt), geschlagen und mit dem Tod bedroht, falls er nicht sagen wollte, er glaube, dass es Aslan sei, der jede Nacht im Feuerschein aus dem Stall geholt und den Tieren gezeigt wurde. Schon heute Morgen wäre seine Hinrichtung gewesen, wenn er nicht befreit worden wäre. Was aus dem Lamm geworden war, wusste er nicht.

Was sie nun zu entscheiden hatten, war die Frage, ob sie in dieser Nacht wieder zum Stallhügel gehen sollten, um Dussel den Narnianen zu zeigen und sie davon zu überzeugen, dass sie hereingelegt worden waren, oder ob sie sich nach Osten davonmachen und zu der Verstärkung stoßen sollten, mit der der Zentaur Runwit von Cair Paravel heranzog, um dann zurückzukehren und mit Gewalt gegen den Affen und seine Kalormenen vorzugehen.

Tirian hätte am liebsten den ersten Plan umgesetzt: Der Gedanke, sein Volk auch nur einen Moment länger als nötig von dem Affen schikanieren zu lassen, war ihm zuwider. Auf der anderen Seite ließ das Verhalten der Zwerge in der letzten Nacht nichts Gutes ahnen. Offenbar war nicht vorauszusehen, wie die Leute reagieren würden, selbst wenn er ihnen Dussel vorführte. Und dann waren da noch die kalormenischen Soldaten, mit denen er rechnen musste. Poggin schätzte, dass es ungefähr dreißig waren. Tirian war sicher, dass er, Saphir, die Kinder und Poggin (von Dussel war nicht viel zu erwarten) eine gute Chance gegen sie hätten, wenn die Narnianen sich alle auf ihre Seite schlugen. Aber was war, wenn die Hälfte der Narnianen – einschließlich aller Zwerge – einfach sitzen blieb und zuschaute? Oder sogar gegen sie kämpfte? Das Risiko war zu groß. Außerdem war da noch die schemenhafte Gestalt Tashs. Wozu war sie wohl imstande?

Poggin wies darauf hin, dass es auch nichts schaden konnte, den Affen für einen oder zwei Tage allein mit seinen Schwierigkeiten fertig werden zu lassen. Er hatte ja jetzt keinen Dussel mehr, den er aus dem Stall holen und vorführen konnte. Es war schwer vorstellbar, welche Geschichte er – oder Rosso – sich einfallen lassen konnten, um das zu erklären. Wenn die Tiere Nacht für Nacht Aslan zu sehen verlangten und kein Aslan zum Vorschein kam, würden sicherlich selbst die Einfältigsten von ihnen argwöhnisch werden.

Schließlich wurden sich alle einig, dass es das Beste sei, abzuziehen und zu versuchen mit Runwit zusammenzutreffen.

Es war wunderbar, wie viel fröhlicher sie alle wurden, sobald sie dies entschieden hatten. Ich glaube ehrlich gesagt nicht, dass es daran lag, weil irgendeiner von ihnen sich vor einem Kampf gefürchtet hätte (außer vielleicht Jill und Eustace). Aber ich vermute, dass jeder von ihnen tief im Innern sehr froh war, jenem grauenerregenden vogelköpfigen Wesen, das nun, sichtbar oder unsichtbar, wahrscheinlich auf dem Stallhügel umging, nicht näher zu kommen – oder noch nicht. Und überhaupt fühlt man sich immer besser, wenn man eine Entscheidung getroffen hat.

Tirian hielt es für besser, ihre Tarnungen abzulegen, da sie nicht von loyalen Narnianen, denen sie vielleicht begegnen würden, für Kalormenen gehalten und angegriffen werden wollten. Der Zwerg rührte aus der Asche von der Feuerstelle und dem Fett aus dem Fettgefäß, das zum Einreiben der Schwerter und Speerspitzen bereitstand, eine scheußliche Schmiere zusammen. Dann zogen sie ihre kalormenischen Rüstungen aus und gingen hinunter zum Bach.

Das üble Gemisch ergab einen Schaum wie von einer cremigen Seife. Es war ein netter, friedlicher Anblick, wie Tirian und die beiden Kinder am Wasser knieten und sich den Nacken schrubbten oder schnaufend und spritzend den Schaum abwuschen. Dann kehrten sie mit glänzenden roten Gesichtern zum Turm zurück wie Leute, die sich vor einem Fest besonders gründlich gewaschen haben. Sie bewaffneten sich neu nach echter narnianischer Art, mit geraden Schwertern und dreieckigen Schilden.

»Meiner Treu!«, sagte Tirian. »So ist es besser. Ich fühle mich wieder wie ein wahrer Mann.«

Dussel bat inständig darum, dass sie ihm das Löwenfell abnehmen sollten. Es sei zu warm, sagte er, und so verknäult, wie es auf seinem Rücken hinge, sei es ihm sehr unbequem; außerdem sehe er so albern damit aus. Doch sie sagten ihm, er müsse es noch ein Weilchen tragen, denn sie hatten immer noch vor, ihn in diesem Aufzug den anderen Tieren zu zeigen, auch wenn sie jetzt als Erstes zu Runwit stoßen wollten.

Was noch von dem Taubenfleisch und dem Kaninchenfleisch übrig war, lohnte sich nicht, einzupacken, aber sie nahmen etwas von dem Gebäck mit. Dann verriegelte Tirian die Tür des Turms, und damit war ihr Aufenthalt dort zu Ende.

Es war kurz nach zwei Uhr nachmittags, als sie sich auf den Weg machten, und es war der erste richtig warme Tag dieses Frühjahrs. Die frischen Blätter schienen schon viel weiter ausgetrieben zu haben als am vorherigen Tag; die Schneeglöckchen waren schon verblüht, aber dafür sahen sie einige Primeln. Das Sonnenlicht fiel schräg durch die Bäume, Vögel sangen, und immer hörten sie (wenn sie es auch nicht sahen) Wasser fließen. Es fiel ihnen schwer, an so etwas Grauenhaftes wie Tash zu denken. Die Kinder hatten das Gefühl: »Das ist jetzt endlich das wirkliche Narnia.« Sogar Tirians Herz wurde leichter, während er vorausging und ein altes narnianisches Marschlied vor sich hin summte, dessen Refrain so ging:

Ho, rumpel, rumpel, rumpel.
Es rumpelt auf der Trommel.

Nach dem König folgten Eustace und der Zwerg Poggin. Poggin nannte Eustace die Namen aller narnianischen Bäume, Vögel und Pflanzen, die er noch nicht kannte. Bei manchen verriet ihm Eustace, wie sie auf Englisch hießen.

Nach ihnen kam Dussel, und danach gingen Jill und Saphir ganz dicht nebeneinander. Jill, so könnte man sagen, war ganz hingerissen von dem Einhorn. Sie fand – und da hatte sie nicht Unrecht –, einem so glänzenden, feingliedrigen, anmutigen Tier wie ihm sei sie noch nie begegnet. Er redete so freundlich und sanft, dass man, wenn man es nicht wusste, kaum geglaubt hätte, wie wild und schrecklich er in einer Schlacht sein konnte.

»Ach, ist das schön!«, sagte Jill. »Einfach so dahinzuwandern. Ich wünschte, es gäbe mehr von *dieser* Art Abenteuer. Schade, dass in Narnia immer so viel passieren muss.«

Doch da irrte sie sich, wie ihr das Einhorn erklärte. Die Adamssöhne und Evastöchter, sagte Saphir, würden zwar immer nur dann aus ihrer eigenen fremden Welt nach Narnia gebracht, wenn in Narnia Unruhe und Aufruhr herrschten, aber sie dürfe nicht denken, dass das immer so sei. Zwischen ihren Besuchen lagen Jahrhunderte und Jahrtausende, in denen ein friedliebender König dem anderen folgte, bis man sich kaum noch an ihre Namen erinnern oder sie zählen konnte, und in denen eigentlich kaum etwas in die Geschichtsbücher zu schreiben war. Und er fuhr fort, ihr von alten Königen und Helden zu erzählen, von denen sie nie gehört hatte. Von der Königin Schwanweiß sprach er, die vor den Tagen der Weißen Hexe und dem Großen Winter gelebt hatte und die so schön war, dass das Spiegelbild ihres Gesichts, wenn sie in einen Teich im Wald schaute, noch ein Jahr und einen Tag lang danach bei Nacht wie ein Stern aus dem Wasser hervorleuchtete. Er erzählte von Mondholz dem Hasen, der so gute Ohren hatte, dass er am Kesselteich unter dem Donnern des großen Wasserfalls sitzen und dabei hören konnte, was die Menschen auf Cair Paravel flüsterten. Er berichtete, wie König Gale, der neunte Nachfolger Franks, des ersten aller Könige, weit über die östlichen Meere gesegelt war und die Bewohner der Einsamen Inseln von einem Drachen befreit hatte, und wie sie ihm zum Dank die Einsamen Inseln für alle Zeit als Teil des Königreiches Narnia übergeben hatten. Er redete von ganzen Jahrhunderten, in denen ganz Narnia so glücklich war, dass die einzigen Dinge, an die man sich erinnerte, die wichtigen Tänze und Feste oder höchstens noch die Turniere waren, und in denen jeder Tag und jede Woche schöner war als der Tag und die Woche zuvor.

Je länger er erzählte, desto mehr türmte sich das Bild all jener glücklichen Jahre, all der Jahrtausende in Jills Geist auf, bis es ihr vorkam, als schaute sie von einem hohen Berg hinab auf eine fruchtbare, liebliche Ebene voller Wälder und Gewässer und Kornfelder, die sich weit, weit erstreckte, bis sie in der Ferne ganz durchsichtig und dunstig wurde. Und sie sagte: »Oh, ich hoffe, wir sind bald mit dem Affen fertig und können zu diesen guten, gewöhnlichen Zeiten zurückkehren. Und dann hoffe ich, dass es für immer und alle Zeiten so bleiben wird. *Unsere* Welt wird eines Tages ein Ende haben. Diese hier vielleicht nicht. Ach, Saphir – wäre es nicht herrlich, wenn Narnia einfach immer weiterbestehen würde – so wie du es eben beschrieben hast?«

»Nein, Schwester«, antwortete Saphir, »alle Welten gehen auf ein Ende zu, außer dem Lande Aslans selbst.«

»Na, wenigstens hoffe ich«, sagte Jill, »dass das Ende dieser Welt noch Millionen und Millionen und Millionen Jahre weit weg ist – Hallo! Wieso bleiben wir stehen?«

Der König, Eustace und der Zwerg spähten alle zum Himmel hinauf. Jill schauderte bei dem Gedanken an die grauenhaften Dinge, die sie bereits gesehen hatte. Aber diesmal war es nichts dergleichen. Es war etwas Kleines und es hob sich schwarz vom Blau des Himmels ab.

»Ich könnte schwören«, sagte das Einhorn, »dass es ein Sprechender Vogel ist, seinem Flügelschlag nach zu urteilen.«

»Das glaube ich auch«, sagte der König. »Aber ist es ein Freund oder ein Kundschafter des Affen?«

»Für mich, Sire«, sagte der Zwerg, »sieht er aus wie Weitsicht der Adler.«

»Sollen wir uns unter den Bäumen verstecken?«, fragte Eustace.

»Nein«, sagte Tirian, »am besten steht still wie Felsen. Er würde uns sicher sehen, wenn wir uns bewegen.«

»Schaut! Er kreist, er hat uns bereits gesehen«, sagte Saphir. »Er kommt in weiten Kreisen herab.«

»Leg einen Pfeil auf die Sehne«, sagte Tirian zu Jill. »Aber schieß auf keinen Fall, bevor ich es dir sage. Vielleicht ist er ein Freund.«

Hätte man gewusst, was als Nächstes passieren würde, so wäre es ein Genuss gewesen, die Anmut und Leichtigkeit zu beobachten, mit der der riesige Vogel herabglitt. Er landete auf einer Felsspitze, wenige

Schritte von Tirian entfernt, neigte seinen kammgekrönten Kopf und sagte mit seiner seltsamen Adlerstimme. »Seid gegrüßt, mein König.«

»Sei gegrüßt, Weitsicht«, erwiderte Tirian. »Und da du mich deinen König nennst, darf ich wohl glauben, dass du kein Anhänger des Affen und seines falschen Aslan bist. Ich bin sehr froh über dein Kommen.«

»Sire«, sagte der Adler, »wenn Ihr meine Nachricht gehört habt, werdet Ihr über mein Kommen trauriger sein als über das größte Leid, das Euch je befallen hat.«

Bei diesen Worten glaubte Tirian, das Herz bliebe ihm stehen, doch er biss die Zähne zusammen und sagte: »Berichte.«

»Zwei Dinge habe ich gesehen«, sagte Weitsicht. »Das eine war Cair Paravel, voll von toten Narnianen und lebenden Kalormenen; das Banner des Tisroc, gehisst auf Euren königlichen Zinnen; Eure Untertanen auf der Flucht aus der Stadt – hierhin und dorthin, in die Wälder. Cair Paravel wurde vom Meer her eingenommen. Zwanzig große Schiffe aus Kalormen legten im Dunkel der vorletzten Nacht dort an.«

Niemand brachte ein Wort heraus.

»Und das andere, was ich sah, fünf Meilen näher als Cair Paravel, war Runwit der Zentaur, tot am Boden liegend mit einem kalormenischen Pfeil in der Flanke. Ich war bei ihm in seiner letzten Stunde und er hat mir für Eure Majestät diese Botschaft aufgetragen: Ihr möget daran denken, dass alle Welten auf ein Ende zu gehen und dass ein rühmlicher Tod ein Schatz ist, den zu kaufen niemand zu arm ist.«

Nach langem Schweigen sagte der König: »Dann gibt es Narnia also nicht mehr.«

Die große Versammlung auf dem Stallhügel

Lange Zeit konnten sie nicht sprechen, nicht einmal eine Träne vergießen.

Dann stampfte das Einhorn mit dem Huf auf den Boden, schüttelte seine Mähne und sprach: »Sire, nun bedarf es keiner Beratung mehr. Wir wissen jetzt, dass der Affe seine Pläne gründlicher geschmiedet hat, als wir uns träumen ließen. Zweifellos steht er seit Langem in heimlichem Kontakt mit dem Tisroc und hat ihm, als er das Löwenfell fand, sogleich Nachricht gesandt, er möge seine Seestreitmacht rüsten, um Cair Paravel und ganz Narnia einzunehmen. Uns sieben bleibt nichts zu tun, als zum Stallhügel zurückzukehren, die Wahrheit zu verkünden und uns dem Abenteuer zu stellen, das Aslan uns sendet. Und dann, wenn wir durch ein großes Wunder jene dreißig Kalormenen besiegt haben, die sich bei dem Affen befinden, wieder umzukehren und im Kampf gegen die weitaus größere Heerschar zu sterben, die bald von Cair Paravel heraufziehen wird.«

Tirian nickte. Doch dann wandte er sich den Kindern zu und sagte: »Nun, Freunde, ist es Zeit für euch, von hinnen in eure eigene Welt zu ziehen. Gewiss habt ihr alles vollbracht, wozu ihr hergesandt wurdet.«

»A-aber wir haben doch noch gar nichts getan«, sagte Jill zitternd – nicht vor Angst, genau genommen, sondern weil alles so grauenhaft war.

»Weit gefehlt«, sagte der König. »Ihr habt mich von dem Baum befreit; du bist letzte Nacht im Wald wie eine Schlange vor mir hergeglitten und hast Dussel zu uns gebracht; und du, Eustace, hast deinen Feind erschlagen. Doch ihr seid zu jung, um das blutige Ende zu teilen, das uns andere heute Nacht oder vielleicht in drei Tagen erwartet. Ich beschwöre euch – nein, ich gebiete euch, in eure eigene Welt zurückzukehren. Es würde mir zur Schande gereichen, ließe ich zu, dass so junge Krieger an meiner Seite im Kampf fallen.«

»Nein, nein und nochmals nein«, sagte Jill (die ganz weiß war, als sie zu sprechen anfing, und dann plötzlich knallrot und dann wieder weiß wurde). »Das werden wir nicht tun, was immer Ihr auch sagt. Wir bleiben bei Euch, was auch passieren mag, oder, Eustace?«

»Ja, aber es ist nicht nötig, sich darüber so aufzuregen«, sagte Eustace, der die Hände in die Taschen gesteckt hatte (da er nicht daran dachte, wie komisch das aussieht, wenn man ein Kettenhemd anhat). »Wir haben nämlich gar keine Wahl, weißt du. Was nützt es, davon zu sprechen, dass wir zurücksollen! Wie denn? Wir haben keinen Zauber, mit dem wir das könnten!«

Das war sehr vernünftig gedacht, aber im Moment hasste Jill Eustace dafür, dass er es sagte. Er gefiel sich darin, furchtbar sachlich zu sein, wenn andere Leute aus der Fassung gerieten.

Als Tirian erkannte, dass die beiden Fremden nicht nach Hause konnten (falls Aslan sie nicht plötzlich verschwinden ließ), schlug er als Nächstes vor, sie sollten über die Berge im Süden nach Archenland gehen, wo sie vielleicht sicherer wären. Doch sie kannten den Weg dorthin nicht und es gab niemanden, den er mit ihnen hätte senden können. Außerdem würden die Kalormenen, wie Poggin sagte, sobald sie Narnia eingenommen hätten, gewiss eine Woche später oder so auch Archenland besetzen. Diese beiden Länder im Norden hatte der Tisroc schon immer in seinen Besitz bringen wollen. Schließlich drangen Eustace und Jill so sehr in Tirian, dass er sagte, sie könnten mit ihm kommen und ihr Glück versuchen – oder, wie er es viel treffender nannte, »das Abenteuer, das Aslan ihnen senden würde«.

Zuerst war der König der Meinung, sie sollten erst nach Einbruch der Dunkelheit zum Stallhügel zurückkehren – inzwischen waren sie es schon leid, auch nur den Namen zu hören. Doch der Zwerg berichtete ihnen, wenn sie bei Tageslicht dorthin gingen, würden sie die Stätte wahrscheinlich verlassen vorfinden, vielleicht höchstens von einem Kalormenen bewacht. Die Tiere hatten viel zu viel Angst vor dem, was ihnen der Affe (und Rosso) über diesen neuen, zornigen Aslan – oder Tashlan – erzählt hatte, um sich in die Nähe zu wagen, wenn sie nicht gerade zu jenen abscheulichen mitternächtlichen Versammlungen hinbeordert wurden. Und Kalormenen fanden sich im Wald nie gut zurecht.

Poggin meinte, selbst bei Tageslicht würde es ihnen leicht gelingen, irgendwo hinter den Stall zu gelangen, ohne gesehen zu werden. In der Nacht, wenn der Affe die Tiere zusammenrief und alle Kalormenen auf der Hut waren, würde das viel schwieriger sein. Und wenn die Versammlung begann, konnten sie Dussel völlig außer Sicht hinter dem Stall zurücklassen, bis der Moment kam, wenn sie ihn vorführen wollten. Der Vorteil lag auf der Hand, denn ihre einzige Chance bestand darin, die Narnianen plötzlich zu überraschen.

Alle waren einverstanden und die ganze Schar schlug eine neue Richtung – Nordwesten – zu dem verhassten Hügel ein. Manchmal flog der Adler über ihnen hin und her, manchmal hockte er auf Dussels Rücken.

Niemand – nicht einmal der König selbst, es sei denn in der größten Not – würde es sich je einfallen lassen, auf einem Einhorn zu *reiten*.

Diesmal gingen Jill und Eustace nebeneinander. Als sie so inständig darum gebeten hatten, mit den anderen gehen zu dürfen, hatten sie sich sehr tapfer gefühlt, doch jetzt kamen sie sich gar nicht mehr tapfer vor.

»Pole«, sagte Eustace flüsternd. »Ehrlich gesagt, mir ist ganz schön mulmig.«

»Du hast gut reden, Scrubb«, erwiderte Jill. »Du kannst wenigstens kämpfen. Aber ich – ich zittere wie Espenlaub, wenn du es genau wissen willst.«

»Ach, zittern ist gar nichts«, sagte Eustace. »Mir ist, als ob ich mich gleich übergeben muss.«

»Jetzt red bloß nicht von *so was,* meine Güte«, gab Jill zurück.

Eine Weile gingen sie schweigend weiter.

»Pole?«, sagte Eustace dann.

»Was?«, fragte sie.

»Was passiert eigentlich, wenn wir hier getötet werden?«

»Na, dann sind wir tot, würde ich sagen.«

»Aber ich meine, was passiert dann in unserer eigenen Welt? Wachen wir auf und sitzen wieder in dem Zug? Oder verschwinden wir einfach und werden nie wieder gesehen? Oder sterben wir in England auch?«

»Menschenskind. Daran habe ich überhaupt noch nicht gedacht.«

»Peter und die anderen werden ganz schön dumm gucken, wenn sie mich aus dem Fenster winken sehen, und dann, wenn der Zug einfährt, sind wir plötzlich nicht mehr da. Oder wenn sie nur noch zwei – ich meine, wenn wir da drüben in England tot sind.«

»Uh!«, machte Jill. »Scheußlicher Gedanke.«

»Für *uns* wäre es nicht scheußlich«, meinte Eustace. »Wir wären ja nicht dabei.«

»Ich wünschte fast – ach nein, doch nicht«, sagte Jill.

»Was wolltest du sagen?«

»Ich hätte beinahe gesagt, ich wünschte, wir wären nicht hergekommen. Aber nein, nein, das wünsche ich mir nicht. Selbst *wenn* wir sterben. Lieber sterbe ich im Kampf für Narnia, als zu Hause alt und senil zu werden und vielleicht im Rollstuhl umherzufahren und am Ende trotzdem zu sterben.«

»Oder von der britischen Eisenbahn zu Mus zerquetscht zu werden!«

»Warum sagst du das?«

»Na ja, als dieser schreckliche Ruck kam – der, der uns nach Narnia zu schleudern schien –, da dachte ich, es *wäre* der erste Moment eines Eisenbahnunglücks. Deshalb war ich ziemlich froh, als ich feststellte, dass wir stattdessen hier gelandet waren.«

Während Jill und Eustace sich darüber unterhielten, schmiedeten die anderen Pläne, und ihre Niedergeschlagenheit ließ nach. Das lag daran, dass sie jetzt an das dachten, was sie noch in dieser Nacht zu tun hatten, und der Gedanke an das, was mit Narnia geschehen war – der Gedanke, dass all seine Herrlichkeit und seine Freuden nun Vergangenheit waren –, trat für sie in den Hintergrund. Sobald sie aufhörten zu reden, würde er wieder an die Oberfläche kommen und sie bedrücken; doch sie redeten immer weiter. Poggin war sogar ausgesprochen zuversichtlich, was die Arbeit betraf, die in dieser Nacht vor ihnen lag. Er war sicher, dass der Keiler und der Bär, wahrscheinlich auch alle Hunde, sich sofort auf ihre Seite schlagen würden. Und er konnte nicht glauben, dass die anderen Zwerge sich alle an Griffel halten würden. Außerdem war das

Kämpfen bei Feuerschein und zwischen Bäumen für die schwächere Seite ein Vorteil. Und wenn sie heute Nacht den Sieg davontrugen, mussten sie dann wirklich ihr Leben fortwerfen, indem sie ein paar Tage später dem kalormenischen Heer entgegentraten?

Warum versteckten sie sich nicht in den Wäldern oder vielleicht sogar oben in der Westlichen Wüste jenseits des Großen Wasserfalls und lebten als Vogelfreie? Und dann würde vielleicht ihre Zahl allmählich stärker und stärker werden, denn jeden Tag würden Sprechende Tiere und Archenländer zu ihnen stoßen. Schließlich würden sie dann aus ihrem Versteck kommen und die Kalormenen (die sicher bis dahin unachtsam werden würden) aus dem Land verjagen, und Narnia würde zu neuem Leben erwachen. Schließlich war es doch zur Zeit des Königs Miraz ganz ähnlich gewesen!

Und Tirian hörte sich das alles an und dachte: »Aber was ist mit Tash?«, und er spürte in seinen Knochen, dass nichts von alledem je geschehen würde. Aber er sagte es nicht.

Als sie sich freilich dem Stallhügel näherten, wurden sie alle ganz still. Jetzt mussten sie die Deckung des Waldes nach Kräften nutzen. Von dem Moment, als sie den Hügel erstmals erblickten, bis zu dem Moment, in dem sie alle hinter dem Stall angelangt waren, dauerte es über zwei Stunden. Um richtig zu schildern, wie so etwas vor sich geht, müsste man endlose Seiten darüber schreiben. Jeder Weg von einer Deckung zur nächsten war ein Abenteuer für sich, und zwischendurch gab es schier unendliche Wartezeiten und mehrere falsche Alarme. Wenn du ein guter Pfadfinder oder Waldführer bist, kannst du dir sicher schon vorstellen, wie es gewesen sein muss. Gegen Sonnenuntergang hatten sie alle eine geschützte Stelle inmitten eines Dickichts aus hohen Stechpalmen erreicht, etwa fünfzehn Meter hinter dem Stall. Sie kauten alle ein paar Kekse und legten sich hin.

Dann kam das Schlimmste, das Warten. Die Kinder hatten das Glück, ein paar Stunden schlafen zu können, aber natürlich wachten sie auf, als die Nacht kalt wurde, und schlimmer noch, sie wachten sehr durstig auf, ohne Aussicht darauf, etwas zu trinken zu bekommen. Dussel stand nur da, zitterte ein wenig vor Nervosität und sagte nichts. Tirian jedoch hatte den Kopf gegen Saphirs Flanke gelegt und schlief so fest, als läge er in seiner königlichen Bettstatt auf Cair Paravel, bis das Läuten eines Gongs ihn weckte und er sich aufsetzte und einen Feuerschein auf der anderen Seite des Stalles sah und wusste, dass die Stunde gekommen war.

»Küss mich, Saphir«, sagte er. »Denn dies ist gewiss unsere letzte Nacht auf Erden. Und wenn ich dir je unrecht getan habe, im Kleinen oder im Großen, dann verzeih mir jetzt.«

»Lieber König«, erwiderte das Einhorn, »fast wünschte ich, Ihr hättet das je getan, damit ich es verzeihen könnte. Lebt wohl. Wir haben gemeinsam die größten Freuden erlebt. Wenn Aslan mich wählen ließe, so wählte ich kein anderes Leben als das, das ich hatte, und keinen anderen Tod als den, der uns nun bevorsteht.«

Dann weckten sie Weitsicht, der mit dem Kopf unter dem Flügel schlief (was so aussah, als hätte er gar keinen Kopf), und schlichen vorwärts in Richtung Stall. Dussel ließen sie direkt dahinter zurück (nicht ohne ein freundliches Wort, denn jetzt war niemand mehr wütend auf ihn) und sagten ihm, er solle sich nicht von der Stelle rühren, bis jemand ihn holen komme. Dann gingen sie an einem Ende des Stalls in Stellung.

Das Lagerfeuer war erst vor Kurzem angezündet worden und fing gerade an, richtig zu lodern. Es war nur ein paar Schritte von ihnen entfernt, und die große Schar der narnianischen Geschöpfe befand sich jenseits davon, sodass Tirian sie anfangs nicht sehr gut sehen konnte, auch wenn er natürlich den Widerschein des Feuers in Dutzenden von Augenpaaren schimmern sah, wie ihr sicher schon die Augen eines Kaninchens oder einer Katze im Scheinwerferlicht eines Autos habt schimmern sehen.

Genau in dem Moment, als Tirian seinen Platz einnahm, hörte der Gong auf zu läuten, und von irgendwo zu seiner Linken erschienen drei Gestalten. Eine davon war Rishda Tarkaan, der kalormenische Hauptmann. Die zweite war der Affe. Er hielt sich mit einer Pfote an der Hand des Tarkaans fest und wimmerte und murmelte immerzu: »Nicht so schnell, geh doch nicht so schnell, mir geht es *überhaupt* nicht gut. Ach, mein armer Kopf! Diese mitternächtlichen Versammlungen werden mir allmählich zu viel. Affen sind nicht dafür geschaffen, nachts auf zu sein; ich bin schließlich keine Ratte oder Fledermaus – ach, mein armer Kopf.«

Auf der anderen Seite des Affen kam mit lautlosen, würdevollen Schritten, den Schwanz senkrecht erhoben, der Kater Rosso. Sie steuerten auf das Lagerfeuer zu und kamen so dicht an Tirian vorbei, dass sie ihn sofort entdeckt hätten, wenn nur einer von ihnen in die richtige Richtung geschaut hätte. Zum Glück tat es jedoch keiner.

Doch Tirian konnte hören, wie Rishda mit gedämpfter Stimme zu Rosso sagte: »So, Kater, auf deinen Posten. Sieh zu, dass du deine Rolle gut spielst.«

»Miau, miau. Verlass dich auf mich!«, erwiderte Rosso. Dann ging er weiter am Lagerfeuer vorbei und setzte sich in die erste Reihe der versammelten Tiere; ins Publikum sozusagen.

Denn das Ganze sah wirklich ganz wie ein Theater aus. Die Schar der Narnianen war wie die Leute im Zuschauerraum; die kleine Grasfläche direkt vor dem Stall, wo das Lagerfeuer brannte und der Affe und der Hauptmann standen, um zu der Menge zu sprechen, war wie die Bühne; der Stall selbst war wie die Kulisse hinter der Bühne, und Tirian und seine Freunde waren wie Leute, die hinter den Kulissen hervorlugten. Es war eine hervorragende Position. Sobald einer von ihnen nach vorn in den hellen Feuerschein treten würde, würden sich sofort alle Blicke auf ihn richten. Andererseits standen die Chancen, dass jemand sie bemerkte, solange sie sich still im Schatten der Seitenwand des Stalls hielten, eins zu hundert.

Rishda Tarkaan zerrte den Affen dicht ans Feuer heran. Die beiden wandten sich der Menge zu, was natürlich bedeutete, dass sie Tirian und seinen Freunden den Rücken zukehrten.

»So, Affe«, sagte Rishda Tarkaan leise. »Sag die Worte, die dir klügere Köpfe in den Mund gelegt haben. Und halt den Kopf hoch.« Während er sprach, versetzte er dem Affen von hinten mit der Zehenspitze einen kleinen Knuff oder Tritt.

»Lass mich in Ruhe«, murmelte Trix. Doch er setzte sich aufrechter hin und begann mit lauterer Stimme zu sprechen: »So, hört mal alle her. Es ist etwas Schreckliches passiert. Eine schändliche Tat. Die schändlichste Tat, die je in Narnia begangen wurde. Und Aslan …«

»Tashlan, du Narr«, flüsterte Rishda Tarkaan ihm zu.

»Ich meine natürlich Tashlan«, sagte der Affe, »ist sehr wütend darüber.«

Es herrschte eine furchtbare Stille, während die Tiere darauf warteten, zu hören, welches neue Unheil sie jetzt erwartete. Auch die kleine Gruppe an der Seitenwand des Stalls hielt den Atem an. Was in aller Welt kam denn nun?

»Ja«, fuhr der Affe fort. »Ausgerechnet in diesem Moment, da der Schreckliche selbst unter uns ist – dort im Stall gleich hinter mir – hat sich ein ruchloses Tier vorgenommen, etwas zu tun, was niemand wagen würde, sollte man meinen. Selbst wenn *er* tausend Meilen weit weg wäre. Es hat sich mit einem Löwenfell verkleidet, wandert hier in der Nähe im Wald umher und tut so, als wäre es Aslan.«

Einen Moment lang fragte sich Jill, ob der Affe den Verstand verloren hatte. Wollte er jetzt die ganze Wahrheit sagen?

Unter den Tieren erhob sich ein Gebrüll des Entsetzens und der Wut. »Grrr!«, ertönte das Geknurre. »Wer ist es? Wo ist er? Dem werde ich meine Zähne zu spüren geben!«

»Er wurde letzte Nacht gesehen«, schrie der Affe, »aber er konnte entkommen. Es ist ein Esel! Ein gewöhnlicher, elender Esel! Wenn einer von euch diesen Esel sieht ...«

»Grrr!«, knurrten die Tiere. »Das werden wir, verlass dich drauf. Der soll uns bloß nicht über den Weg laufen.«

Jill sah den König an; sein Mund stand offen und seine Miene war voller Entsetzen. Und dann begriff sie, was für einen teuflisch heimtückischen Plan die Feinde verfolgten. Indem sie ein wenig Wahrheit mit hineinmischten, hatten sie ihre Lüge weit stärker gemacht. Was nützte es jetzt noch, den Tieren zu sagen, dass ein Esel als Löwe verkleidet worden war, um sie zu täuschen? Der Affe würde nur erwidern: »Genau das habe ich euch doch gesagt.« Was nützte es, ihnen Dussel in seinem Löwenfell vorzuführen? Sie würden ihn nur in Stücke reißen.

»Damit haben sie uns den Wind aus den Segeln genommen«, flüsterte Eustace.

»Das hat uns den Boden unter den Füßen weggezogen«, sagte Tirian.

»Verflucht schlau!«, sagte Poggin. »Jede Wette, dass diese neue Lüge auf Rossos Mist gewachsen ist.«

Wer geht in den Stall?

Jill spürte, wie etwas sie am Ohr kitzelte. Es war das Einhorn Saphir, das ihr mit dem breiten Flüstern eines Pferdemauls etwas zuflüsterte. Sobald sie verstanden hatte, was er sagte, nickte sie und schlich auf Zehenspitzen zurück zu Dussel. Rasch und leise schnitt sie die letzten Schnüre durch, die das Löwenfell an ihm festhielten. Damit durfte er auf keinen Fall erwischt werden, nach dem, was der Affe gesagt hatte! Am liebsten hätte sie das Fell irgendwo weit fort versteckt, aber es war zu schwer. Mehr, als es mit den Füßen zwischen die dichtesten Büsche zu stopfen, konnte sie nicht tun. Dann gab sie Dussel Zeichen, ihr zu folgen, und beide stießen wieder zu den anderen.

Der Affe sprach weiter: »Und nach dieser abscheulichen Tat ist Aslan – Tashlan – noch zorniger geworden als je zuvor. Er sei bisher noch viel zu gut zu euch gewesen, sagt er, indem er jede Nacht herauskam und sich ansehen ließ, klar? Und deswegen kommt er jetzt nicht mehr heraus.«

Zur Antwort stimmten die Tiere ein Muhen und Quietschen und Grunzen an, doch plötzlich brach eine ganz andere Stimme in lautes Gelächter aus.

»Hört euch das Gerede dieses Äffchens an!«, rief sie. »Wir wissen genau, warum er uns seinen kostbaren Aslan nicht mehr zeigen will. Ich sage euch warum: weil er ihn gar nicht hat. Alles, was er je hatte, war ein alter Esel mit einem Löwenfell auf dem Rücken. Den hat er jetzt auch verloren und weiß nun nicht mehr, was er machen soll.«

Tirian konnte die Gesichter auf der anderen Seite des Lagerfeuers nicht sehr gut sehen, aber er erriet, dass es Griffel sein musste, der Anführer der Zwerge. Ganz sicher war er sich dessen einen Moment später, als die Stimmen aller Zwerge singend einfielen: »Weiß nicht, was er machen soll! Weiß nicht, was er machen soll! Weiß nicht, was er ma-ha-che-hen so-oll!«

»Ruhe!«, donnerte Rishda Tarkaan. »Ruhe, ihr Schlammsöhne! Und ihr anderen Narnianen, hört her, bevor ich meinen Kriegern Befehl gebe, mit Schwert und Schneide über euch herzufallen. Lord Trix hat euch bereits von diesem verruchten Esel berichtet. Glaubt ihr etwa, seinetwegen wäre kein *echter* Tashlan im Stall? Meint ihr das wirklich? Wehe, wehe!«

»Nein, nein!«, riefen die meisten in der Menge.

Doch die Zwerge sagten: »Ganz recht, Schwarzbart, du hast es erfasst. Komm schon, Äffchen, zeig uns, was in dem Stall ist. Wer sieht, der glaubt.«

Sobald es wieder einen Moment still wurde, sagte der Affe: »Ihr Zwerge haltet euch wohl für besonders schlau, was? Aber nicht so hastig. Ich habe nie gesagt, dass ihr Tashlan nicht sehen könnt. Wer möchte, kann ihn gerne sehen.«

Die ganze Versammlung verstummte. Nach fast einer Minute begann der Bär in einem schwerfälligen, verdutzten Ton: »Ich verstehe das alles nicht ganz«, brummte er. »Ich dachte, du hättest gesagt …«

»*Du* dachtest!«, wiederholte der Affe. »Als ob man das, was sich in deinem Kopf abspielt, *denken* nennen könnte. Hergehört, ihr anderen. Jeder darf Tashlan sehen. Aber er kommt nicht heraus. Ihr müsst zu ihm *hinein*gehen.«

»Oh, danke, danke, danke!«, riefen Dutzende Stimmen durcheinander. »Genau das haben wir uns gewünscht! Wir können hineingehen und ihn von Angesicht zu Angesicht sehen. Und jetzt wird er wieder freundlich sein und alles wird wieder so wie früher.« Und die Vögel zwitscherten und die Hunde bellten aufgeregt. Dann plötzlich kam Bewegung in die Menge; es war zu hören, wie die Geschöpfe auf die Beine kamen, und im nächsten Moment wären sie wohl alle vorwärtsgestürmt und hätten versucht sich alle zusammen in den Stall zu zwängen.

Doch der Affe rief: »Zurück! Ruhe! Nicht so hastig.«

Die Tiere hielten inne. Viele hatten noch eine Pfote in der Luft, viele wedelten mit den Schwänzen und alle hatten die Köpfe schief gelegt.

»Ich dachte, du hättest gesagt …«, fing der Bär an, doch Trix unterbrach ihn.

»Jeder darf hinein«, sagte er. »Aber immer nur einer auf einmal. Wer geht zuerst? Er hat nicht *gesagt,* dass er sehr freundlich gestimmt ist. Er leckt sich dauernd das Maul, seit er neulich nachts den bösen König verschlungen hat. Heute Morgen hat er mächtig geknurrt. Ich habe selbst heute Nacht keine große Lust, in diesen Stall zu gehen. Aber ganz wie ihr wollt. Wer möchte als Erster hineingehen? Macht mir nur keine Vorwürfe, wenn er euch mit Haut und Haaren verschlingt oder mit dem bloßen Schrecken seines Blicks zu Asche verbrennt. Also! Wer geht als Erster? Wie wär's mit einem von euch Zwergen?«

»Komm, put, put, lass dich umbringen«, höhnte Griffel. »Woher wissen wir, was du da drinnen hast?«

»Hoho!« rief der Affe. »Euch kommt also langsam der Gedanke, *irgendetwas* könnte doch da drinnen sein, was? Nun, ihr Tiere alle, eben habt ihr doch noch so einen Lärm gemacht. Was hat euch denn die Sprache verschlagen? Wer geht als Erster hinein?«

Doch die Tiere standen alle da, schauten einander an und begannen dann von dem Stall zurückzuweichen. Wedelnde Schwänze sah man jetzt kaum noch.

Der Affe watschelte hin und her und verhöhnte sie. »Hohoho!«, kicherte er. »Ich dachte, ihr wärt alle so erpicht darauf, Tashlan von Angesicht zu Angesicht zu sehen! Habt es euch wohl anders überlegt, was?«

Tirian neigte seinen Kopf zu Jill hinab, die ihm etwas ins Ohr zu flüstern versuchte. »Was, glaubt Ihr, ist wirklich in dem Stall?«, fragte sie.

»Wer weiß?«, erwiderte Tirian. »Höchstwahrscheinlich zwei Kalormenen mit gezückten Schwertern, einer auf jeder Seite der Tür.«

»Glaubt Ihr nicht«, sagte Jill, »es könnte vielleicht … Ihr wisst schon … dieses scheußliche Wesen sein, das wir gesehen haben?«

»Tash selbst?«, flüsterte Tirian. »Wer weiß? Aber nur Mut, Kind; wir sind alle zwischen den Pranken des wahren Aslan.«

Dann passierte etwas höchst Überraschendes. Der Kater Rosso sagte mit gelassener, klarer Stimme, ohne jede Aufregung: »Ich gehe hinein, wenn ihr wollt.«

Alle Geschöpfe wandten sich ihm zu und richteten ihre Blicke auf den Kater.

»Beachtet ihre Heimtücke, Sire«, sagte Poggin zum König. »Dieser verfluchte Kater steckt in der Verschwörung ganz tief drin. Was immer da in dem Stall ist, wird ihm nichts zuleide tun, das steht fest. Dann wird Rosso wieder herauskommen und behaupten, er hätte irgendein Wunder gesehen.«

Doch Tirian hatte keine Zeit, ihm zu antworten. Der Affe rief dem Kater zu, er möge vortreten. »Hoho!«, sagte der Affe. »Du keckes Kätzchen willst ihm also von Angesicht zu Angesicht begegnen. Na, dann komm! Ich mache dir die Tür auf. Aber gib mir nicht die Schuld, wenn dir bei seinem Anblick der Schreck bis in die Schnurrhaare fährt! Das ist deine Angelegenheit.«

Und der Kater stand auf und trat mit tänzelnden, gezierten Schritten aus der Menge hervor, den Schwanz hoch erhoben, kein Härchen seines glatten Fells am falschen Platz. Er ging weiter, bis er am Feuer vorbei und so nahe war, dass Tirian, der sich mit der Schulter gegen die Seitenwand des Stalls presste, ihm geradewegs ins Gesicht sehen konnte. Rosso blinzelte nicht einmal mit seinen großen grünen Augen. (»Die Ruhe selbst«, murmelte Eustace. »Der weiß, dass er nichts zu befürchten hat.«)

Glucksend und Grimassen schneidend schlurfte der Affe neben dem Kater her; er hob die Pfote; dann zog er den Riegel zurück und öffnete die Tür. Tirian glaubte den Kater schnurren zu hören, als dieser in die dunkle Türöffnung trat.

»Aii-aii-auuiiih ...!« Ein Gejaule, so grauenhaft, wie ihr es noch nie gehört habt, ließ alle zusammenzucken. Ihr seid bestimmt schon einmal mitten in der Nacht von Katzen geweckt worden, die sich oben auf dem Dach bekämpften oder sich umwarben; das Geräusch kennt ihr.

Dies hier war schlimmer. Rosso kam mit vollem Tempo wieder aus dem Stall geschossen und fegte den Affen über den Haufen. Hätte man nicht gewusst, dass er ein Kater war, so hätte man ihn auch für einen roten Blitz halten können. Er jagte über die Grasfläche und verschwand wieder in der Menge. Einer Katze in solcher Verfassung möchte niemand gern begegnen. Man sah, wie die Tiere ihm zur Linken und zur Rechten aus dem Weg sprangen. Er schoss einen Baum hinauf, wirbelte einmal um den Stamm herum und blieb mit dem Kopf nach unten hängen. Seine Schwanzhaare hatten sich aufgestellt, sodass der Schwanz fast so dick war wie sein Rumpf; seine Augen waren wie Untertassen aus grünem Feuer; auf seinem Rücken stand jedes Haar senkrecht.

»Ich würde meinen Bart dafür geben«, flüsterte Poggin, »zu erfahren, ob dieses Vieh nur spielt oder ob es da drinnen wirklich auf etwas gestoßen ist, was ihm Angst gemacht hat!«

»Still, mein Freund«, sagte Tirian, denn auch der Hauptmann und der Affe flüsterten miteinander, und er wollte hören, was sie sagten. Außer dass der Affe abermals »Mein Kopf, mein Kopf!« jammerte, konnte er nichts verstehen, aber er hatte den Eindruck, dass diese beiden über das Verhalten der Katze fast so verdutzt waren wie er selbst.

»Nun, Rosso«, sagte der Hauptmann. »Schluss mit dem Geschrei. Sag ihnen, was du gesehen hast.«

»Aii – Aii – Aaouh – Auaah!«, schrie der Kater.

»Nennt man dich nicht ein *Sprechendes* Tier?«, fragte der Hauptmann. »Dann hör mit dem Höllengejammer auf und sprich.«

Was nun folgte, war wirklich grauenhaft. Tirian war ganz sicher (und die anderen ebenso), dass der Kater etwas zu sagen versuchte; doch aus seinem Maul kam nichts außer den gewöhnlichen scheußlichen Katzenlauten, die man von jedem wütenden oder verängstigten alten Kater in England hören kann. Und je länger er jammerte, desto weniger sah er wie ein Sprechendes Tier aus. Die anderen Tiere gaben ein verunsichertes Wimmern und spitze, kleine Schreie von sich.

»Seht, seht!«, kam die Stimme des Bären. »Er kann

nicht sprechen. Er hat vergessen, wie man spricht! Er ist wieder zu einem stummen Tier geworden. Schaut euch sein Gesicht an.«

Alle sahen, dass es stimmte. Und da kam der größte Schrecken von allen über diese Narnianen. Denn ein jeder von ihnen hatte – als er noch ein Küken, ein Welpe oder ein Junges war – gelernt, wie Aslan am Beginn der Welt die Tiere Narnias in Sprechende Tiere verwandelt und sie gewarnt hatte, wenn sie nicht gut seien, würden sie vielleicht eines Tages zurückverwandelt, sodass sie wieder wie die armen unverständigen Tiere sein würden, denen man in anderen Ländern begegnete. »Und jetzt kommt das über uns«, klagten sie.

»Gnade! Gnade!«, heulten die Tiere. »Verschone uns, Lord Trix, tritt bei Aslan für uns ein! Du musst immer für uns hineingehen und zu ihm sprechen. Wir wagen es nicht, wir wagen es nicht.«

Rosso verschwand weiter oben im Baum. Niemand sah ihn je wieder.

Tirian stand mit der Hand am Heft seines Schwertes mit gesenktem Kopf da. Er war benommen von den grauenhaften Ereignissen dieser Nacht. Mal dachte er, es sei das Beste, auf der Stelle sein Schwert zu ziehen und sich auf die Kalormenen zu stürzen; im nächsten Moment hielt er es wieder für besser, abzuwarten, welche Wendung als Nächstes eintreten würde. Und die nächste Wendung kam auch schon.

»Mein Vater«, ertönte eine klare, laute Stimme aus der linken Seite der Menge. Tirian wusste sofort, dass es einer der Kalormenen war, der da sprach, denn in der Armee des Tisroc reden die gemeinen Soldaten die Offiziere mit »mein Meister« an, die Offiziere ihre vorgesetzten Offiziere dagegen mit »mein Vater«. Jill und Eustace wussten das nicht, doch nachdem sie in alle Richtungen gespäht hatten, sahen sie den Sprecher, denn natürlich waren die Leute an den äußeren Rändern der Menge leichter zu sehen als die in der Mitte, wo das Gleißen des Feuers alles, was dahinterlag, in tiefe Schwärze tauchte. Er war jung, groß und schlank und sah auf seine dunkle, stolze kalormenische Art sogar sehr gut aus.

»Mein Vater«, sagte er zum Hauptmann, »auch mich verlangt es, hineinzugehen.«

»Still, Emeth«, erwiderte der Hauptmann. »Wer hat Euch zum Rat berufen? Geziemt es einem Jungen, ungefragt zu sprechen?«

»Mein Vater«, entgegnete Emeth. »Ich bin wahrhaftig jünger als Ihr, doch auch in mir fließt das Blut der Tarkaane, ebenso wie in Euch, und auch ich bin ein Diener Tashs. Darum …«

»Ruhe!«, befahl Rishda Tarkaan. »Bin ich nicht Euer Hauptmann? Ihr habt nichts mit diesem Stall zu schaffen. Er ist für die Narnianen bestimmt.«

»Nein, mein Vater«, antwortete Emeth. »Ihr selbst habt gesagt, dass ihr Aslan und unser Tash ein und derselbe ist. Und wenn das die Wahrheit ist, dann ist Tash selbst dort drinnen. Wie könnt Ihr dann sagen, dass ich nichts mit ihm zu schaffen habe? Denn mit Freuden würde ich tausend Tode sterben, um nur einmal das Antlitz Tashs zu erblicken.«

»Ihr seid ein Narr und begreift nichts«, sagte Rishda Tarkaan. »Dies sind hohe Staatsgeschäfte.«

Emeths Gesicht wurde ernster. »Dann ist es nicht wahr, dass Tash und Aslan eins sind?«, fragte er. »Hat der Affe uns angelogen?«

»Natürlich sind sie eins«, widersprach der Affe.

»Schwöre es, Affe«, sagte Emeth.

»Oje!«, jammerte Trix. »Wenn ihr mich doch nur alle

in Ruhe lassen würdet. Mein Kopf tut mir so weh. Ja, ja, ich schwöre es.«

»Dann, mein Vater«, sagte Emeth, »bin ich fest entschlossen hineinzugehen.«

»Narr«, begann Rishda Tarkaan, doch die Zwerge fielen ihm sogleich ins Wort und riefen: »Komm schon, Schwarzbart! Warum lässt du ihn nicht hinein? Warum lasst ihr die Narnianen hinein und verwehrt es euren eigenen Leuten? Was habt ihr denn da drinnen, wovon ihr eure Männer fernhalten wollt?«

Tirian und seine Freunde sahen Rishda Tarkaan nur von hinten und erfuhren nie, wie sein Gesicht aussah, als er die Achseln zuckte und sagte: »Ihr alle seid meine Zeugen, dass ich unschuldig bin am Blute dieses jungen Narren. Dann hinein mit Euch, Heißsporn, aber schnell.«

Daraufhin trat Emeth vor, genau wie Rosso vor ihm, und überquerte die offene Grasfläche zwischen dem Lagerfeuer und dem Stall. Seine Augen glänzten, sein Gesicht war feierlich ernst, seine Hand lag auf dem Heft seines Schwertes und er trug den Kopf hoch erhoben.

Jill war zum Weinen zumute, als sie in sein Gesicht sah. Und Saphir flüsterte dem König ins Ohr: »Bei der Mähne des Löwen, beinahe liebe ich diesen jungen Krieger, auch wenn er ein Kalormene ist. Er ist eines besseren Gottes als Tash würdig.«

»Ich wünschte, wir wüssten, was wirklich da drinnen ist«, sagte Eustace.

Emeth öffnete die Tür und ging in den schwarzen Rachen des Stalles hinein. Er schloss die Tür hinter sich. Nur einige Augenblicke vergingen – auch wenn es länger schien –, bis sich die Tür wieder öffnete. Eine Gestalt in kalormenischer Rüstung taumelte heraus, fiel auf den Rücken und lag still; hinter ihr schloss sich die Tür wieder.

Der Hauptmann sprang darauf zu und beugte sich hinab, um dem Mann ins Gesicht zu sehen. Er stieß einen überraschten Laut aus. Dann fasste er sich, wandte sich der Menge zu und rief: »Dieser Heißsporn hat seinen Willen bekommen. Er hat Tash gesehen und ist tot. Lasst euch alle das eine Warnung sein.«

»Ja, ja, das werden wir«, sagten die armen Tiere.

Doch Tirian und seine Freunde starrten den toten Kalormenen an und warfen sich dann erstaunte Blicke zu. Denn da sie so nahe waren, konnten sie sehen, was der Menge, die weiter weg und jenseits des Feuers stand, verborgen war: Der Tote war nicht Emeth. Er sah ganz anders aus: Es war ein älterer Mann, stämmiger und nicht so groß, mit einem mächtigen Bart.

»Hohoho«, gluckste der Affe. »Sonst noch jemand? Möchte noch jemand hineingehen? Nun, da ihr alle so schüchtern seid, werde ich den Nächsten auserwählen. Du da, Keiler! Her mit dir. Treibt ihn her, Kalormenen. Er *wird* Tashlan von Angesicht zu Angesicht sehen.«

»Uh-humpf«, grunzte der Keiler und rappelte sich schwerfällig auf. »Nur zu. Macht Bekanntschaft mit meinen Hauern.«

Als Tirian sah, dass das tapfere Tier sich bereit machte, um für sein Leben zu kämpfen – und dass kalormenische Soldaten sich mit gezückten Säbeln anschickten, es einzukreisen –, und dass niemand ihm zu Hilfe kam, da schien etwas in ihm zu zerspringen. Er scherte sich nicht mehr darum, ob dies der beste Moment zum Eingreifen war oder nicht.

»Schwerter heraus«, flüsterte er den anderen zu. »Pfeil auf die Sehne. Folgt mir.«

Im nächsten Moment sahen die erstaunten Narnianen sieben Gestalten vor den Stall springen, vier davon in glänzenden Rüstungen.

Das Schwert des Königs blitzte im Feuerschein, als er es über seinem Kopf schwenkte und mit mächtiger Stimme rief: »Hier stehe ich, Tirian von Narnia, im Namen Aslans, um mit meinem Leib zu beweisen, dass Tash ein abscheulicher Dämon ist, der Affe ein vielfacher Betrüger und diese Kalormenen des Todes würdig. An meine Seite, alle, die ihr wahre Narnianen seid! Wollt ihr warten, bis eure neuen Herren euch einen nach dem anderen getötet haben?«

Die Ereignisse beschleunigen sich

Schnell wie der Blitz brachte sich Rishda Tarkaan mit einem Rückwärtssprung vor dem Schwert des Königs in Sicherheit. Er war kein Feigling und hätte nötigenfalls allein gegen Tirian und den Zwerg gekämpft. Doch mit dem Adler und dem Einhorn konnte er es nicht auch noch aufnehmen. Er wusste, wie Adler einem ins Gesicht fliegen und nach den Augen hacken und mit den Flügeln die Sicht nehmen können. Und von seinem Vater (der schon Narnianen in der Schlacht gegenübergestanden hatte) hatte er gehört, dass kein Mann, es sei denn mit Pfeilen oder einem langen Speer, gegen ein Einhorn bestehen kann, denn es bäumt sich beim Angriff auf und man muss sich gleichzeitig seiner Hufe, seines Horns und seiner Zähne erwehren. Deshalb stürmte er mitten in die Menge hinein, blieb dort stehen und rief aus: »Zu mir, zu mir, Krieger des Tisroc, möge-er-ewig-leben! Zu mir, alle getreuen Narnianen, auf dass der Zorn Tashlans nicht über euch komme!«

Während dies geschah, passierten zugleich noch zwei andere Dinge. Der Affe hatte nicht so schnell wie der Tarkaan erkannt, in welcher Gefahr er sich befand. Für einen Moment blieb er am Feuer hocken und starrte die Neuankömmlinge an. Da stürzte sich Tirian auf das elende Geschöpf, packte es am Schlafittchen und rannte zurück zum Stall. »Mach die Tür auf!«, rief er.

Poggin gehorchte.

»Geh und trink deine eigene Arznei, Trix!«, sagte Tirian und schleuderte den Affen in die dunkle Öffnung. Doch als der Zwerg die Tür wieder zuschlug, leuchtete aus dem Innern des Stalles ein grelles grünlich blaues Licht hervor; die Erde bebte und ein merkwürdiges Geräusch war zu hören – ein Schnalzen und Kreischen wie die heisere Stimme eines riesenhaften Vogels.

Die Tiere stöhnten und heulten und riefen: »Tashlan! Verbergt uns vor ihm!«; und viele stürzten zu Boden und viele andere verbargen ihre Gesichter unter ihren Flügeln oder Pfoten. Niemand außer Weitsicht, dem Adler, der unter allen Lebewesen die besten Augen hatte, bemerkte, was für ein Gesicht Rishda Tarkaan in diesem Moment machte. Und was Weitsicht sah, verriet ihm sogleich, dass Rishda ebenso überrascht und fast ebenso erschrocken war wie alle anderen.

»Dort geht einer«, dachte Weitsicht, »der Götter angerufen hat, an die er nicht glaubt. Wie wird es ihm ergehen, falls sie tatsächlich gekommen sind?«

Die dritte Sache – die ebenfalls im gleichen Moment passierte – war das einzig wirklich Schöne in jener Nacht. Jeder einzelne der Sprechenden Hunde in der ganzen Versammlung (es waren fünfzehn) kam mit riesigen Sätzen freudig bellend an die Seite des Königs geeilt. Die meisten waren große, kräftige Hunde mit breiten Schultern und mächtigen Kiefern. Ihr Ansturm war wie das Brechen einer großen Welle am Strand; er warf einen beinahe um. Denn wenn sie auch Sprechende Hunde waren, so waren sie doch ganz und gar Hunde vom Schwanz bis zur Schnauze. Sie alle stellten sich auf die Hinterbeine, legten den Menschen ihre Vorderpfoten auf die Schultern, leckten ihnen über die Gesichter und riefen alle durcheinander: »Willkommen! Willkommen! Wir helfen, wir helfen, helf, helf, helf!

Zeigt uns, wo wir helfen können, zeigt uns wo, wo. Wo-wo-wo?«

Es war so herrlich, dass einem die Tränen kamen. Endlich geschah das, was sie sich so sehr erhofft hatten. Und als einen Augenblick darauf etliche kleine Tiere (Mäuse und Maulwürfe und ein oder zwei Eichhörnchen) quietschend vor Freude angetrappelt kamen und »Seht, seht, wir sind hier!« riefen und als danach auch der Bär und der Keiler hinzukamen, fing Eustace schon an zu glauben, dass vielleicht doch noch alles gut werden könnte. Doch Tirian blickte sich um und sah, wie wenige der Tiere sich gerührt hatten.

»Zu mir! Zu mir!«, rief er. »Seid ihr alle zu Feiglingen geworden, seit ich euer König war?«

»Wir wagen es nicht«, jammerten Dutzende von Stimmen. »Tashlan würde zornig werden. Beschützt uns vor Tashlan.«

»Wo sind die Sprechenden Pferde?«, fragte Tirian den Keiler.

»Wir wissen's, wir wissen's«, quietschten die Mäuse. »Der Affe hat sie zur Arbeit gezwungen. Sie sind alle angebunden – unten am Fuß des Hügels.«

»Dann los, ihr Kleinen alle«, sagte Tirian, »ihr Knabberer und Nager und Nussknacker, macht euch auf, so schnell ihr huschen könnt, und findet heraus, ob die Pferde auf unserer Seite sind. Und wenn ja, dann schlagt eure Zähne in die Seile und nagt, bis die Pferde frei sind, und dann führt sie her.«

»Euer Wunsch ist uns Befehl, Sire«, antworteten die Stimmchen, und mit einem Wedeln der Schwänze waren die Leutchen mit ihren scharfen Augen und Zähnen auf und davon. Tirian lächelte aus lauter Liebe, als er ihnen nachblickte. Doch nun war es Zeit, an andere Dinge zu denken.

Rishda Tarkaan gab seine Befehle aus: »Vorwärts! Nehmt sie alle lebendig gefangen, wenn ihr könnt, und werft sie in den Stall oder treibt sie hinein. Wenn sie alle drinnen sind, setzen wir ihn in Brand und machen ihn zu einem Opfer für den großen Gott Tash.«

»Ha!«, sagte sich Weitsicht. »So hofft er also Tashs Zorn über seinen Unglauben von sich abzuwenden.«

Die feindliche Linie – etwa die Hälfte von Rishdas Streitmacht – rückte nun vor, und Tirian blieb kaum noch Zeit, seine Befehle zu geben.

»Geh nach links, Jill, und versuche so viele von ihnen wie möglich mit deinen Pfeilen zu erwischen, bevor sie uns erreichen. Keiler und Bär, ihr gebt ihr Deckung. Poggin zu meiner Linken, Eustace zu meiner Rechten. Saphir, du hältst den rechten Flügel. Stell dich neben ihn, Dussel, und gebrauche deine Hufe. Weitsicht, du kreist und schlägst von oben zu. Ihr Hunde, stellt euch gleich hinter uns auf. Geht zwischen sie, sobald die Schwertkämpfe begonnen haben. Mit Aslans Hilfe!«

Eustace stand mit schrecklich klopfendem Herzen da und hoffte inständig, er würde tapfer sein. Noch nie hatte er etwas gesehen (obwohl er schon sowohl einem Drachen als auch einem Seeungeheuer begegnet war), was ihm das Blut so hatte erstarren lassen wie jene geschlossene Reihe von Männern mit dunklen Gesichtern und hellen Augen. Es waren fünfzehn Kalormenen, ein narnianischer Sprechender Stier, der Fuchs Slinky und der Satyr Freckel. Dann hörte er ein »twäng-zipp« von links und ein Kalormene fiel; dann noch einmal »twäng-zipp« und der Satyr ging zu Boden.

»Oh, gut gemacht, Tochter!«, erklang Tirians Stimme; dann stürzten sich die Feinde auf sie.

Eustace konnte sich später nie mehr daran erinnern,

was in den nächsten zwei Minuten geschah. Es war wie ein Traum (einer von denen, die man bekommt, wenn man über achtunddreißig Grad Fieber hat), bis er Rishda Tarkaans Stimme aus der Ferne rufen hörte: »Rückzug! Hierher zurück und neu formieren.«

Dann kam Eustace zur Besinnung und sah die Kalormenen zurück zu ihren Freunden rennen. Aber nicht alle. Zwei lagen tot am Boden, durchbohrt von Saphirs Horn, ein weiterer niedergestreckt von Tirians Schwert. Der Fuchs lag tot vor seinen eigenen Füßen, und er fragte sich, ob er es war, der ihn getötet hatte. Auch der Stier lag am Boden; ein Pfeil von Jill war ihm durchs Auge gedrungen und der Keiler hatte ihm seinen Hauer in die Flanke gerammt. Doch auch unsere Seite hatte Verluste erlitten. Drei Hunde waren getötet worden und ein vierter humpelte auf drei Beinen hinter der Linie und wimmerte. Der Bär lag am Boden und regte sich schwach. Dann murmelte er, bis zum letzten Moment verwirrt, mit seiner kehligen Stimme: »Ich – ich – verstehe nicht«, legte seinen mächtigen Kopf ins Gras, still wie ein Kind, das sich schlafen legt, und bewegte sich nie wieder.

Tatsächlich war der erste Angriff gescheitert. Darüber freuen konnte sich Eustace nicht richtig; dazu hatte er zu schrecklichen Durst und sein Arm tat ihm zu weh.

Während die geschlagenen Kalormenen sich zu ihrem Befehlshaber zurückzogen, begannen die Zwerge sie zu verhöhnen.

»Habt ihr schon genug, ihr Schwarzbärte?«, schrien sie. »Das schmeckt euch wohl nicht? Warum geht euer großer Tarkaan nicht hin und kämpft selbst, anstatt euch in den Tod zu schicken? Arme Schwarzbärte!«

»Zwerge!«, rief Tirian. »Kommt her und gebraucht eure Schwerter statt eurer Zungen! Noch ist Zeit. Zwerge von Narnia! Ihr könnt gut kämpfen, das weiß ich. Kommt her und tut eure Pflicht.«

»Klar doch!«, höhnten die Zwerge. »Das könnte euch so passen. Ihr seid ebenso große Schwindler wie die anderen. Wir brauchen keine Könige. Die Zwerge sind für die Zwerge. Buh!«

Dann begann die Trommel zu schlagen; diesmal keine Zwergentrommel, sondern eine große kalormenische Trommel aus Stierhaut. Den Kindern war der Klang vom ersten Moment an widerwärtig. *Bumm – bumm – ba-ba-bumm* machte es. Aber der Klang wäre ihnen noch viel widerwärtiger gewesen, wenn sie gewusst hätten, was er bedeutete. Tirian wusste es. Er bedeutete, dass irgendwo in der Nähe noch weitere kalormenische Truppen waren und dass Rishda Tarkaan sie zu Hilfe rief. Tirian und Saphir sahen einander traurig an. Gerade hatten sie zu hoffen begonnen, sie könnten in dieser Nacht den Sieg davontragen. Doch wenn nun neue Feinde auftauchten, würde es mit ihnen vorbei sein.

Verzweifelt blickte Tirian sich um. Mehrere Narnianen standen auf der Seite der Kalormenen, ob als Verräter oder aus ehrlicher Furcht vor »Tashlan«. Andere saßen still da und starrten vor sich hin; sie würden sich wahrscheinlich auf keine der beiden Seiten schlagen. Doch es waren jetzt weniger Tiere da; die Menge war sehr geschrumpft. Offensichtlich hatten sich etliche von ihnen während des Kampfes einfach still davongeschlichen.

Bumm – bumm – ba-ba-bumm ging die schreckliche Trommel. Dann begann sich ein anderes Geräusch damit zu vermischen.

»Horcht!«, sagte Saphir und dann setzte Weitsicht hinzu: »Schaut!«.

Im nächsten Moment gab es keinen Zweifel mehr, was es war. Mit donnernden Hufen, die Köpfe schüttelnd, die Nüstern gebläht und mit wehenden Mähnen kamen über zwanzig narnianische Sprechende Pferde den Hang heraufgestürmt. Die Nager und Knabberer hatten ihre Aufgabe erfüllt.

Zwerg Poggin und die Kinder öffneten die Münder zu einem Jubelruf, doch dieser Jubelruf ertönte nie. Plötzlich erfüllten Geräusche von vibrierenden Bogensehnen und zischenden Pfeilen die Luft. Es waren die Zwerge, die schossen, und – im ersten Moment traute Jill kaum ihren Augen – sie schossen auf die Pferde. Zwerge sind tödliche Bogenschützen. Ein Pferd nach dem anderen stürzte zu Boden. Nicht eines der edlen Tiere kam je beim König an.

»Diese kleinen *Schweine!*«, schrie Eustace und tanzte vor Wut. »Diese dreckigen, miesen, verräterischen kleinen Biester!« Sogar Saphir sagte: »Soll ich jene Zwerge verfolgen, Sire, und mit jedem Stoß zehn von ihnen auf mein Horn spießen?« Doch Tirian, das Gesicht ernst, wie aus Stein gemeißelt, erwiderte: »Bleib standhaft, Saphir. Wenn du weinen musst, Liebes (dies sagte er zu Jill), dann wende dein Gesicht ab, damit deine Bogensehne nicht nass wird. Und Eustace, sei ruhig. Schimpf nicht wie eine Küchenmagd. Ein Krieger schimpft nicht. Höfliche Worte oder aber harte Schläge sind seine einzige Sprache.«

Doch die Zwerge antworteten Eustace voller Hohn: »Das war eine Überraschung für dich, was, kleiner Bengel? Du dachtest, wir wären auf *eurer* Seite, was? Keine Angst. Wir brauchen keine Sprechenden Pferde. Wir wollen euch genauso wenig siegen sehen wie die andere Bande. *Uns* führt ihr nicht hinters Licht. Die Zwerge sind für die Zwerge.«

Rishda Tarkaan redete immer noch mit seinen Männern. Zweifellos plante er den nächsten Angriff und wünschte sich, er hätte schon in den ersten seine ganze Streitmacht geschickt. Die Trommel dröhnte weiter. Dann hörten Tirian und seine Freunde zu ihrem Entsetzen eine zweite Trommel, die ihr antwortete, wenn auch viel leiser, wie aus weiter Ferne. Eine andere Schar Kalormenen hatte Rishdas Signal gehört und eilte ihm zu Hilfe. Tirians Gesicht war es nicht anzusehen, dass er nun alle Hoffnung aufgegeben hatte.

»Hört mir zu«, flüsterte er in sachlichem Ton, »wir müssen jetzt angreifen, bevor diese Schurken da drüben Verstärkung von ihren Freunden erhalten.«

»Bedenkt aber, Sire«, sagte Poggin, »dass wir hier die kräftige Holzwand des Stalls im Rücken haben. Wenn wir vorrücken, werden wir dann nicht eingekreist werden und die Schwertspitzen zwischen die Schultern bekommen?«

»Ich würde dasselbe sagen wie du, Zwerg«, sagte Tirian. »Doch war es nicht gerade ihr Plan, uns in den Stall zu drängen? Je weiter wir von seiner todbringenden Tür entfernt sind, desto besser.«

»Der König hat recht«, sagte Weitsicht. »Um jeden Preis fort von diesem verfluchten Stall und dem Ungeheuer, das darin lauert, was auch immer es sein mag.«

»Ja, los«, stimmte Eustace zu. »Mir ist allmählich schon sein bloßer Anblick verhasst.«

»Gut«, sagte Tirian. »Nun schaut nach links hinüber. Ihr seht einen großen Felsen, der im Feuerschein wie Marmor schimmert. Als Erstes werden wir auf jene Kalormenen losgehen. Du, Maid, bewegst dich nach links und schießt, so rasch du kannst, in ihre Reihen; und du, Adler, fliegst ihnen von rechts in die Gesichter. Inzwischen stürmen wir anderen ihnen entgegen. Wenn wir so nahe sind, Jill, dass du nicht mehr auf sie schießen kannst, ohne womöglich uns zu treffen, zieh dich zu dem weißen Felsen zurück und warte. Ihr anderen, haltet selbst im Kampf eure Ohren offen. Wir müssen sie in wenigen Minuten in die Flucht schlagen oder gar nicht, denn wir sind weniger als sie. Sobald ich *zurück* rufe, lauft ihr zu Jill an den weißen Felsen, wo wir einen Schutz im Rücken haben und erst einmal durchatmen können. Nun los, Jill.«

Mit einem schrecklich einsamen Gefühl rannte Jill etwa sechs Meter weit, setzte das rechte Bein zurück und das linke nach vorn und legte einen Pfeil auf die Sehne. Wenn nur ihre Hände nicht so zittern würden!

»Miserabler Schuss!«, sagte sie, als ihr erster Pfeil auf die Feinde zu jagte und über ihre Köpfe hinwegflog. Doch schon im nächsten Moment hatte sie den nächsten Pfeil angelegt; sie wusste, dass es auf die Schnelligkeit ankam. Sie sah etwas Großes, Schwarzes in die Gesichter der Kalormenen schießen. Das war Weitsicht. Erst ließ ein Mann sein Schwert fallen und hob beide Hände, um seine Augen zu schützen, dann ein zweiter. Dann traf einer ihrer Pfeile einen Mann, und ein weiterer traf einen narnianischen Wolf, der sich, wie es schien, auf die feindliche Seite geschlagen hatte.

Doch sie hatte nur einige Sekunden lang geschossen, da musste sie schon aufhören. Mit einem Aufblitzen der Schwerter, der Hauer des Keilers und von Saphirs Horn stürmten Tirian und die Seinen ihren Feinden entgegen wie Hundertmeterläufer. Jill war erstaunt zu sehen, wie unvorbereitet die Kalormenen anscheinend waren. Dass dies ihren und des Adlers Anstrengungen zu verdanken war, erkannte sie nicht. Nur wenige Soldaten können unverwandt nach vorne schauen, wenn ihnen von der einen Seite Pfeile ins

Gesicht hageln und von der anderen ein Adler auf sie einhackt.

»Oh, gut gemacht. *Gut* gemacht!«, rief Jill.

Die Schar des Königs trieb eine Schneise in die Reihen des Feindes hinein. Das Einhorn schleuderte Männer durch die Luft, wie man Heu auf einer Gabel herumschleudert. Selbst Eustace, so schien es Jill (die ja nicht sehr viel vom Schwertkampf verstand), kämpfte großartig. Die Hunde gingen den Kalormenen an die Kehlen. Es funktionierte! Das war endlich der Sieg –

Doch mit einem grauenhaften, kalten Entsetzen bemerkte Jill etwas Seltsames. Obwohl bei jedem Schwerthieb der Narnianen Kalormenen fielen, schienen sie überhaupt nicht weniger zu werden. Es waren jetzt sogar mehr als zu Beginn des Kampfes. Und mit jeder Sekunde wurden es mehr. Sie kamen von allen Seiten herbeigerannt. Da waren neue Kalormenen. Diese Neuankömmlinge hatten Speere. Es war eine so riesige Schar, dass sie kaum noch ihre Freunde sehen konnte.

Dann hörte sie Tirians Stimme rufen: »Zurück! Zum Felsen!«

Der Feind hatte Verstärkung erhalten. Die Trommel hatte ihre Arbeit getan.

Durch die Stalltür

Jill hätte eigentlich schon bei dem weißen Felsen sein sollen, aber diesen Teil der Anweisungen hatte sie in der Aufregung beim Anblick des Kampfes völlig vergessen. Jetzt fiel es ihr wieder ein. Sie wandte sich sofort um, rannte hin und kam kaum eine Sekunde vor den anderen an. So kam es, dass sie alle für einen Moment dem Feind den Rücken zukehrten. Sobald sie den Felsen erreicht hatten, wirbelten sie alle herum. Ein schrecklicher Anblick bot sich ihnen.

Ein Kalormene rannte auf die Stalltür zu, auf den Armen eine Gestalt, die sich heftig wehrte und um sich trat. Als er zwischen sie und das Feuer kam, konnten sie sowohl die Gestalt des Mannes als auch die seiner Last deutlich erkennen. Es war Eustace.

Tirian und das Einhorn stürmten los, um ihn zu befreien. Doch der Kalormene war schon viel näher an der Tür als sie. Bevor sie auch nur die Hälfte der Strecke zurücklegen konnten, hatte er Eustace hineingeschleudert und die Tür zugeschlagen. Hinter ihm war ein halbes Dutzend weiterer Kalormenen herbeigerannt. Sie bauten sich auf der offenen Fläche vor dem Stall in einer Reihe auf. Ein Durchkommen war nicht mehr möglich.

Selbst jetzt dachte Jill noch daran, das Gesicht weit von ihrem Bogen abzuwenden. »Ich kann zwar nicht aufhören zu heulen, aber ich mache *nicht* meine Sehne nass«, sagte sie.

»Vorsicht, Pfeile!«, sagte Poggin plötzlich.

Alle duckten sich und zogen die Helme tief über die Nasen. Die Hunde kauerten sich hinter sie. Doch obwohl sich ein paar Pfeile in ihre Richtung verirrten, wurde bald klar, dass sie nicht das Ziel der Schüsse waren. Griffel und seine Zwerge betätigten sich wieder einmal als Heckenschützen. Diesmal schossen sie in aller Ruhe auf die Kalormenen.

»Weiter so, Jungs!«, ließ sich Griffels Stimme vernehmen. »Alle zugleich. Zielt gut. Die Schwarzbärte können wir genauso wenig gebrauchen wie irgendwelche Äffchen – oder Löwen – oder Könige. Die Zwerge sind für die Zwerge.«

Was immer man über Zwerge denkt; dass sie nicht tapfer wären, kann man ihnen nicht nachsagen. Sie hätten sich leicht irgendwo in Sicherheit bringen können. Doch sie zogen es vor, zu bleiben und so viele auf beiden Seiten zu töten, wie sie konnten, wenn die beiden Seiten nicht gerade so freundlich waren, ihnen die Arbeit abzunehmen, indem sie sich gegenseitig umbrachten. Sie wollten Narnia für sich.

Dabei hatten sie vielleicht nicht bedacht, dass die Kalormenen Rüstungen trugen, während die Pferde ungeschützt gewesen waren. Außerdem hatten die Kalormenen einen Anführer. Rishda Tarkaans Stimme erhob sich: »Dreißig von euch behalten diese Narren am weißen Felsen im Auge. Die Übrigen mir nach, damit wir diesen Erdensöhnen eine Lektion erteilen.«

Immer noch außer Atem vom Kampf und dankbar für ein paar Minuten Pause blieben Tirian und seine Freunde stehen und sahen zu, wie der Tarkaan seine Männer gegen die Zwerge führte. Es war jetzt ein merkwürdiger Anblick. Das Feuer war herabgebrannt; das Licht, das es spendete, war nun spärlicher und von einem dunkleren Rot. So weit man sehen konnte, war der ganze Versammlungsplatz inzwischen leer, bis auf die Zwerge und die Kalormenen. Bei diesem Licht konnte man nicht sehr gut erkennen, was vor sich ging. Es hörte sich an, als ob sich die Zwerge wacker zur Wehr setzten. Tirian hörte Griffel mit den farbigsten Kraftausdrücken um sich werfen und hin und wieder den Tarkaan rufen: »Ergreift so viele ihr könnt lebendig! Ergreift sie lebendig!«

Wie immer dieser Kampf abgelaufen sein mag, lange dauerte er nicht. Bald legte sich der Lärm. Dann sah Jill den Tarkaan zurück zum Stall kommen; elf Männer folgten ihm mit elf gefesselten Zwergen im Schlepptau. (Ob die anderen alle getötet worden waren oder ob einige von ihnen hatten entkommen können, kam nie ans Licht.)

»Werft sie in den Schrein des Tash«, sagte Rishda Tarkaan.

Und als die elf Zwerge einer nach dem anderen in jenen dunklen Eingang geschleudert oder getreten worden waren und sich die Tür wieder hinter ihnen geschlossen hatte, verneigte er sich tief vor dem Stall und sagte: »Auch diese sind dir zum Brandopfer bestimmt, Lord Tash.«

Und alle Kalormenen schlugen sich mit den flachen Schwertklingen auf die Schilde und riefen: »Tash! Tash! Großer Gott Tash! Unerbittlicher Tash!« (Von dem Unsinn über »Tashlan« war jetzt keine Rede mehr.)

Die kleine Schar beim weißen Felsen beobachtete all das und sie flüsterten untereinander. Sie hatten ein Wasserrinnsal entdeckt, das an dem Felsen herabfloss, und alle hatten gierig getrunken – Jill, Poggin und der König aus ihren Händen, während die Vierbeiner das Wasser aus der kleinen Pfütze leckten, die sich am Fuß des Felsens gebildet hatte. Ihr Durst war so groß, dass es ihnen als der köstlichste Trunk erschien, den sie im Leben je genossen hatten, und während sie tranken, waren sie vollkommen glücklich und konnten an nichts anderes denken.

»Ich spüre in meinen Knochen«, sagte Poggin, »dass wir alle, einer nach dem anderen, durch jene dunkle Tür gehen werden, bevor der Morgen kommt. Mir fallen hundert Tode ein, die ich lieber sterben würde.«

»Es ist wahrlich eine grausame Tür«, sagte Tirian. »Sie sieht eher wie ein Maul aus.«

»Oh, können wir denn gar nichts tun, um es zu verhindern?«, fragte Jill mit zitternder Stimme.

»Nein, edle Freundin«, sagte Saphir und stupste sie sanft mit der Nase an. »Doch es mag sein, dass uns diese Tür in Aslans Land führt und dass wir noch heute Nacht an seiner Tafel speisen werden.«

Rishda Tarkaan wandte sich vom Stall ab, ging langsam auf den weißen Felsen zu und blieb in einigem Abstand davor stehen.

»Hört her«, sagte er. »Wenn der Keiler, die Hunde und das Einhorn zu mir herüberkommen und sich mir ergeben, wird ihr Leben verschont. Der Keiler kommt in einen Käfig im Garten des Tisroc, die Hunde in die Zwinger des Tisroc, und das Einhorn wird, nachdem ich sein Horn abgesägt habe, einen Wagen ziehen. Doch der Adler, die Kinder und jener, der einst König war, werden noch heute Nacht Tash zum Opfer gebracht.«

Die einzige Antwort war Geknurre.

»Nun denn, ihr Krieger«, sagte der Tarkaan. »Tötet die Tiere, aber die Zweibeiner ergreift lebendig.«

Und damit begann der letzte Kampf des letzten Königs von Narnia.

Was ihn so hoffnungslos machte, selbst abgesehen

von der Überzahl der Feinde, waren die Speere. Die Kalormenen, die beinahe von Anfang an bei dem Affen gewesen waren, hatten keine Speere gehabt, was daran lag, dass sie einzeln oder zu zweit nach Narnia gekommen waren und sich als friedliche Händler ausgegeben hatten. Als solche hatten sie natürlich keine Speere getragen, denn ein Speer lässt sich nicht gut verstecken. Die neuen Männer mussten erst später ins Land gekommen sein, nachdem der Affe bereits eine starke Position hatte und sie ganz offen einmarschieren konnten. Die Speere gaben den Ausschlag. Mit einem langen Speer kann man einen Keiler töten, bevor man in die Reichweite seiner Hauer kommt, und ein Einhorn, bevor es einen mit seinem Horn erreichen kann; vorausgesetzt, man ist schnell und verliert nicht den Kopf. Und nun rückten die angelegten Speere gegen Tirian und seine letzten Getreuen vor. Im nächsten Moment kämpften sie alle um ihr Leben.

In gewisser Weise war es nicht ganz so schlimm, wie man denken könnte. Wenn jeder Muskel im Leib im vollen Einsatz ist – wenn man sich hier unter einer Speerspitze hinwegduckt, dort über eine andere springt, sich vorwärtswirft, einen Satz zurück macht, herumwirbelt –, dann hat man kaum Zeit, um Furcht oder Traurigkeit zu empfinden.

Tirian wusste, dass er jetzt nichts für die anderen tun konnte; sie waren alle miteinander ihrem Schicksal ausgeliefert. Undeutlich sah er auf einer Seite neben sich den Keiler zu Boden gehen und auf der anderen Saphir wütend kämpfen. Aus einem Augenwinkel bekam er gerade so mit, wie ein großer Kalormene Jill an den Haaren irgendwohin fortschleppte. Aber er hatte kaum einen Gedanken für irgendeines dieser Dinge. Sein einziger Gedanke war jetzt, sein Leben so teuer zu verkaufen wie nur möglich. Das Schlimmste war, dass er die Position unter dem weißen Felsen, an der er begonnen hatte, nicht halten konnte. Ein Mann, der gegen ein Dutzend Feinde auf einmal kämpft, muss seine Chancen nutzen, wo immer er kann; er muss vorpreschen, wo immer er Brust oder Hals eines Feindes ungeschützt sieht. Auf diese Weise kann man sich mit ein paar Hieben ziemlich weit von seinem Ausgangspunkt entfernen. Bald merkte Tirian, dass er immer weiter nach rechts gedrängt wurde, näher zum Stall. Irgendwo in seinem Hinterkopf geisterte noch der vage Gedanke herum, dass es einen guten Grund gab, sich davon fernzuhalten. Aber was das für ein Grund war, daran konnte er sich jetzt nicht mehr erinnern. Und außerdem konnte er sowieso nichts dagegen tun.

Dann plötzlich wurde alles ganz klar. Er sah sich dem Tarkaan selbst gegenüber. Das Lagerfeuer (oder was davon noch übrig war) befand sich direkt voraus. Er kämpfte tatsächlich unmittelbar im Eingang des Stalles, denn er war offen, und zwei Kalormenen hielten die Tür, um sie ins Schloss zu werfen, sobald er drinnen war. Jetzt fiel ihm alles wieder ein und er begriff, dass der Feind ihn vom ersten Moment des Kampfes an zum Stall hin getrieben hatte. Und während er all dies dachte, kämpfte er immer noch mit aller Kraft gegen den Tarkaan.

Da kam Tirian eine neue Idee. Er ließ sein Schwert fallen, sprang vor, duckte sich unter dem Säbel des Tarkaans hinweg, packte seinen Feind mit beiden Händen am Gürtel und sprang rückwärts in den Stall. Dabei rief er: »Komm herein und tritt Tash selbst gegenüber!«

Ein ohrenbetäubendes Getöse erhob sich. Die Erde bebte und ein grelles Licht erschien, genau wie zu dem Zeitpunkt, als der Affe hineingeschleudert worden war.

Draußen schrien die kalormenischen Soldaten: »Tash, Tash!« und schlugen die Tür zu. Wenn Tash ihren eigenen Hauptmann haben wollte, dann musste Tash ihn bekommen. Sie jedenfalls wollten Tash nicht begegnen.

Im ersten Moment wusste Tirian nicht, wo er war, er wusste nicht einmal mehr, wer er war. Dann richtete er sich auf, blinzelte und schaute sich um. Es war nicht dunkel im Innern des Stalles, wie er erwartet hatte. Er stand in hellem Licht; deshalb musste er blinzeln.

Er drehte sich zu Rishda Tarkaan, aber Rishda sah ihn nicht an. Rishda heulte laut auf und deutete voraus; dann schlug er die Hände vors Gesicht und warf sich mit dem Gesicht nach unten flach auf den Boden. Tirian schaute in die Richtung, in die der Tarkaan gezeigt hatte. Und da verstand er.

Ein schreckliches Wesen kam auf sie zu. Es war viel kleiner als die Gestalt, die sie von dem Turm aus gesehen hatten, wenn auch immer noch viel größer als ein Mensch, und es sah genauso aus. Es hatte einen Geierkopf und vier Arme. Sein Schnabel war geöffnet und seine Augen loderten. Aus dem Schnabel kam eine krächzende Stimme: »Du hast mich nach Narnia gerufen, Rishda Tarkaan. Hier bin ich. Was hast du zu sagen?«

Doch der Tarkaan hob sein Gesicht nicht vom Boden empor und sagte kein Wort. Er zitterte wie jemand, der einen heftigen Schluckauf hat. Im Kampf war er durchaus tapfer; doch die Hälfte seines Mutes hatte ihn schon im Laufe der Nacht verlassen, als er zu ahnen begann, dass es Tash womöglich wirklich gab. Nun hatte er die andere Hälfte auch noch eingebüßt.

Mit einer ruckartigen Bewegung – wie eine Henne, die sich bückt, um einen Wurm aufzupicken – fuhr

Tash auf den verzweifelten Rishda nieder und klemmte ihn sich unter den oberen seiner beiden rechten Arme. Dann drehte Tash den Kopf zur Seite, um Tirian mit einem seiner schrecklichen Augen zu mustern; denn da er einen Vogelkopf hatte, konnte er ihn natürlich nicht gerade anschauen.

Doch sogleich erklang hinter Tirians Rücken eine Stimme, stark und ruhig wie die See im Sommer, und sagte: »Fort mit dir, Ungeheuer, und nimm deine rechtmäßige Beute mit dahin, wo du hingehörst; im Namen Aslans und seines großen Vaters, des Königs jenseits der Meere.«

Die abscheuliche Kreatur verschwand mitsamt dem Tarkaan unter ihrem Arm. Und Tirian drehte sich um, um zu sehen, wer da gesprochen hatte. Und was er da sah, brachte sein Herz zum Pochen, wie es noch in keiner Schlacht je gepocht hatte.

Sieben Könige und Königinnen standen vor ihm, alle mit Kronen auf den Häuptern und alle in glitzernden Gewändern; doch die Könige trugen zugleich prächtige Rüstungen und hatten ihre Schwerter gezogen.

Tirian verneigte sich höflich und wollte gerade etwas sagen, als die jüngste der Königinnen zu lachen begann. Er starrte in ihr Gesicht und sog dann überrascht die Luft ein, denn er kannte sie. Es war Jill; aber nicht Jill, wie er sie zuletzt gesehen hatte, das Gesicht voller Schmutz und angetan mit einem alten Drillichkleid, das ihr halb von der Schulter rutschte. Jetzt sah sie sauber und erfrischt aus, so erfrischt, als käme sie gerade aus dem Bad. Und im ersten Moment fand er, sie sehe älter aus, aber dann wieder nicht, und er konnte sich über diesen Punkt nie schlüssig werden. Als Nächstes sah er, dass der jüngste der Könige Eustace war; doch auch er hatte sich verändert, so wie Jill verändert aussah.

Tirian empfand plötzlich Verlegenheit darüber, mit all dem Blut und Staub und Schweiß der Schlacht am Leib vor diese Leute zu treten. Im nächsten Moment merkte er, dass er sich überhaupt nicht in einem solchen Zustand befand. Er war frisch und kühl und sauber und in Kleider gehüllt, wie er sie zu einem großen Fest auf Cair Paravel getragen hätte. (Freilich waren die guten Kleider in Narnia niemals unbequem. In Narnia verstand man es, Sachen zu machen, die nicht nur schön aussahen, sondern sich auch gut anfühlten; Dinge wie Stärke oder kratziges Flanell oder Gummizüge waren dort landauf, landab nirgends zu finden.)

»Sire«, sagte Jill, während sie vortrat und einen vollendeten Knicks machte, »darf ich Euch mit Peter bekannt machen, dem Hochkönig über alle Könige in Narnia.«

Tirian musste nicht erst fragen, welcher der Hochkönig war, denn er erkannte sein Gesicht (obwohl es hier viel edler aussah) aus seinem Traum wieder. Er trat vor, sank auf ein Knie hinab und küsste Peters Hand.

»Hochkönig«, sagte er, »Ihr seid mir willkommen.«

Und der Hochkönig richtete ihn auf und küsste ihn auf beide Wangen, wie es einem Hochkönig geziemt. Dann führte er ihn zu der ältesten der Königinnen – doch selbst sie war nicht alt, und es waren keine grauen Haare auf ihrem Kopf und keine Falten auf ihrer Wange – und sagte: »Sir, dies ist jene Lady Polly, die am Ersten Tag nach Narnia kam, als Aslan die Bäume zum Wachsen und die Tiere zum Sprechen brachte.« Als Nächstes brachte er ihn zu einem Mann, dem sein goldener Bart über die Brust strömte und dessen Gesicht voller Weisheit war. »Und dies«, sagte er, »ist Lord Digory, der an jenem Tag mit ihr zusammen war. Und dies ist mein Bruder, König Edmund; und dies meine Schwester, Königin Lucy.«

»Sire«, sagte Tirian, nachdem er sie alle begrüßt hatte. »Wenn ich die Chronik richtig gelesen habe, müsste da noch jemand sein. Hat Eure Majestät nicht zwei Schwestern? Wo ist Königin Susan?«

»Meine Schwester Susan«, antwortete Peter knapp und ernst, »gehört nicht mehr zu den Freunden Narnias.«

»Ja«, sagte Eustace, »und wenn man versucht sie dazu zu bewegen, zu kommen und über Narnia zu reden oder sich mit Narnia zu beschäftigen, dann sagt sie immer: ›Was für wunderbare Erinnerungen ihr habt! Komisch, dass ihr immer noch an all jene lustigen Spiele denkt, die wir als Kinder immer gespielt haben.‹«

»Ach, Susan!«, sagte Jill. »Sie interessiert sich heutzutage für nichts mehr außer Nylonstrümpfe und Lippenstift und Einladungen. Sie war schon immer ein bisschen zu versessen darauf, erwachsen zu sein.«

»Erwachsen, dass ich nicht lache«, sagte Lady Polly. »Ich wünschte, sie *würde* endlich erwachsen. Sie hat ihre ganze Schulzeit damit vertan, unbedingt so alt werden zu wollen, wie sie jetzt ist, und den Rest ihres Lebens wird sie damit vertun, dass sie versucht in diesem Alter zu bleiben. Sie denkt nur daran, in die albernste Zeit ihres Lebens hineinzuhasten, so schnell sie kann, und dann dort stehen zu bleiben, solange sie kann.«

»Nun, lasst uns jetzt nicht davon sprechen«, sagte Peter. »Schaut! Was für herrliche Obstbäume es hier gibt. Lasst uns davon kosten.«

Und da schaute Tirian sich zum ersten Mal um und erkannte, wie merkwürdig dieses Abenteuer war.

Wie die Zwerge sich nicht hinters Licht führen lassen wollten

Tirian hatte gedacht – oder er hätte gedacht, wenn er zum Denken überhaupt Zeit gehabt hätte –, sie befänden sich im Innern eines kleinen strohgedeckten Stalles, etwa zwölf Fuß lang und sechs Fuß breit. In Wirklichkeit standen sie auf einer Grasfläche; über ihnen der tiefblaue Himmel; und die Luft, die ihnen sanft ins Gesicht wehte, war die eines Frühsommertages. Nicht weit von ihnen stand eine Gruppe von Bäumen, die dicht belaubt waren, doch unter jedem ihrer Blätter blinkte es golden oder blassgelb oder dunkelrot oder leuchtend rot von Früchten, wie sie in unserer Welt noch niemand gesehen hat. Das Obst brachte Tirian auf den Gedanken, es müsse Herbst sein, doch die Luft fühlte sich so an, als wäre es nicht später als Juni. Sie gingen alle zu den Bäumen hinüber.

Jeder von ihnen streckte die Hand aus, um die Frucht zu pflücken, die ihm am verlockendsten erschien, und hielt dann für einen Moment inne. Diese Früchte waren so herrlich, dass sie alle dachten: »Die kann nicht für mich sein … bestimmt ist es uns nicht erlaubt, sie zu pflücken.«

»Es ist schon gut«, sagte Peter. »Ich weiß, was wir alle denken. Aber ich bin sicher, ganz sicher, dass das unnötig ist. Ich habe so ein Gefühl, als wären wir in das Land gekommen, in dem alles erlaubt ist.«

»Na, dann los!«, sagte Eustace. Und alle begannen zu essen.

Wie die Früchte schmeckten? Leider kann niemand einen Geschmack beschreiben. Ich kann nur sagen, verglichen mit diesen Früchten war die frischeste Pampelmuse, die ihr je gegessen habt, fade, die saftigste Orange trocken, die weichste Birne hart und holzig und die süßeste wilde Erdbeere sauer. Und es gab keine Samen oder Kerne und keine Wespen. Hättet ihr von jenen Früchten auch nur einmal gegessen, würden euch danach die leckersten Sachen in dieser Welt wie bittere Arznei vorkommen. Aber ich kann es nicht beschreiben. Ihr werdet nicht erfahren, wie sie schmecken, es sei denn, ihr könntet in jenes Land gelangen und selbst davon kosten.

Als sie genug gegessen hatten, sagte Eustace zu König Peter: »Ihr habt uns noch gar nicht erzählt, wie ihr hierhergekommen seid. Du wolltest gerade anfangen, als König Tirian auftauchte.«

»Da gibt es nicht viel zu erzählen«, sagte Peter. »Edmund und ich standen auf dem Bahnsteig, als wir euren Zug kommen sahen. Ich weiß noch, wie ich dachte, dass er viel zu schnell um die Kurve kommt. Und ich weiß noch, dass ich dachte, wie komisch es sei, dass unsere Leute wahrscheinlich im selben Zug sitzen, obwohl Lucy nichts davon wusste …«

»Eure Leute, Hochkönig?«, fragte Tirian.

»Mein Vater und meine Mutter, meine ich – Edmunds und Lucys und meine Eltern.«

»Warum denn das?«, fragte Jill. »Soll das etwa heißen, dass sie auch über Narnia Bescheid wissen?«

»O nein, das hatte nichts mit Narnia zu tun. Sie waren auf dem Weg nach Bristol. Ich hatte erst an jenem Morgen erfahren, dass sie dorthin fahren wollten. Aber Edmund meinte, sie würden bestimmt auch diesen Zug nehmen.« (Edmund war jemand, der sich mit Zügen auskannte.)

»Und was passierte dann?«, fragte Jill.

»Tja, das ist nicht so einfach zu schildern, was, Edmund?«, erwiderte der Hochkönig.

»Nein«, sagte Edmund. »Es war ganz anders als damals, als wir durch einen Zauber aus unserer eigenen Welt gezogen wurden. Es gab ein fürchterliches Getöse, und irgendetwas traf mich mit einem mächtigen Schlag, aber es tat nicht weh. Und ich hatte nicht direkt Angst, sondern war eher – nun, aufgeregt. Ach ja, und das ist jetzt wirklich merkwürdig. Ich hatte ein ziemlich aufgeschürftes Knie von einem Zusammenstoß beim Rugby. Plötzlich fiel mir auf, dass die Wunde nicht mehr da war. Und ich fühlte mich so leicht. Und dann – waren wir plötzlich hier.«

»Für uns im Zug war es ziemlich genauso«, sagte Lord Digory und wischte sich die letzten Spuren seiner Frucht aus seinem goldenen Bart. »Nur glaube ich, Polly, du und ich hatten vor allem das Gefühl, als würde die Steifheit von uns abfallen. Ihr junges Volk werdet das nicht verstehen. Aber wir fühlten uns auf einmal nicht mehr alt.«

»Junges Volk, dass ich nicht lache!«, sagte Jill. »Ich glaube, ihr beiden seid hier auch nicht viel älter als wir.«

»Nun, vielleicht sind wir es nicht mehr, aber wir waren es«, sagte Lady Polly.

»Und was ist passiert, seit ihr hier angekommen seid?«, fragte Eustace.

»Nun«, sagte Peter, »erst einmal passierte lange Zeit (wenigstens denke ich, dass es eine lange Zeit war) gar nichts. Dann ging die Tür auf …«

»Die Tür?«, fragte Tirian.

»Ja«, sagte Peter. »Die Tür, durch die Ihr hereingekommen seid – oder herausgekommen. Habt Ihr das vergessen?«

»Aber wo ist sie denn?«

»Da drüben«, sagte Peter und deutete hin.

Tirian schaute in die Richtung und sah den seltsamsten und lächerlichsten Anblick vor sich, den man sich vorstellen kann. Nur ein paar Meter von ihnen entfernt, im Sonnenlicht deutlich zu sehen, stand eine grobe Holztür mit dem Türrahmen drum herum; sonst nichts, keine Wände, kein Dach. Verdutzt ging er darauf zu und die anderen folgten ihm, um zu sehen, was er tun würde. Er ging um die Tür herum auf die andere Seite. Aber von dort sah es ganz genauso aus; er befand sich immer noch an einem Sommermorgen im Freien. Die Tür stand einfach ganz allein da, als wäre sie dort gewachsen wie ein Baum.

»Edler Herr«, sagte Tirian zum Hochkönig, »dies ist ein großes Rätsel.«

»Das ist die Tür, durch die Ihr vor fünf Minuten mit jenem Kalormenen gekommen seid«, erwiderte Peter lächelnd.

»Aber bin ich denn nicht aus dem Wald in den Stall gekommen? Das hier jedoch scheint eine Tür zu sein, die von nirgendwo nach nirgendwo führt.«

»So sieht es aus, wenn man außen herumgeht«, sagte Peter. »Aber legt einmal Euer Auge an diese Stelle, wo ein Spalt zwischen zwei Brettern ist, und schaut *hindurch*.«

Tirian legte sein Auge an den Spalt. Zuerst sah er nichts außer Schwärze. Dann, als seine Augen sich daran gewöhnten, sah er den trübroten Widerschein eines Lagerfeuers, das schon fast ausgegangen war, und darüber Sterne an einem nachtschwarzen Himmel. Dann erkannte er dunkle Gestalten, die zwischen ihm und dem Feuer umhergingen oder standen; er hörte sie reden und ihre Stimmen klangen wie die von Kalormenen. So wurde ihm klar, dass er durch die Stalltür in die Dunkelheit des Laternendickichts blickte, wo er seinen letzten Kampf gefochten hatte. Die Männer debattierten darüber, ob sie hineingehen und nach Rishda Tarkaan suchen (aber darauf war keiner von ihnen erpicht) oder den Stall in Brand setzen sollten.

Er schaute sich wieder um und konnte kaum glauben, was er sah. Da war wieder der blaue Himmel über ihm und Grasland erstreckte sich in alle Richtungen, so weit er sehen konnte, und seine neuen Freunde umringten ihn lachend.

»Es scheint so«, sagte Tirian, der nun selbst lächelte, »dass der Stall, von innen gesehen, und der Stall, von außen gesehen, zwei verschiedene Orte sind.«

»Ja«, sagte Lord Digory. »Von innen ist er größer als von außen.«

»Ja«, setzte Königin Lucy hinzu. »Auch in unserer Welt gab es einmal einen Stall, in dem sich etwas befand, was größer war als unsere ganze Welt.«

Es war das erste Mal, dass sie etwas sagte, und an dem Beben in ihrer Stimme erkannte Tirian nun warum. Sie sog alles viel tiefer in sich auf als die anderen. Bisher war sie zu glücklich gewesen, um sprechen zu können. Weil er sie noch einmal sprechen hören wollte, sagte er: »Gewährt mir die Gunst, Madam, und sprecht weiter. Erzählt mir Euer ganzes Abenteuer.«

»Nach dem Gerüttel und Getöse«, sagte Lucy, »fanden wir uns hier wieder. Und wir wunderten uns über die Tür, ebenso wie Ihr. Dann ging die Tür zum ersten Mal auf (wir sahen nur Dunkelheit durch die Öffnung, als das geschah), und hindurch kam ein großer Mann mit gezücktem Schwert. An seinen Waffen erkannten wir, dass er ein Kalormene war. Er ging neben der Tür in Stellung, hob das Schwert und legte es sich auf die Schulter, bereit, jeden zu erschlagen, der durch die Tür kam. Wir gingen zu ihm und sprachen ihn an, aber wir hatten den Eindruck, dass er uns weder sehen noch hören konnte. Er schaute sich auch nie nach dem Himmel und dem Sonnenlicht und dem Gras um; ich glaube, das alles konnte er ebenfalls nicht sehen. Wir warteten lange Zeit. Dann hörten wir, wie auf der anderen Seite der Tür der Riegel zurückgezogen wurde. Doch der Mann setzte nicht zum Hieb an, bis er sehen konnte, wer hereinkam. Daraus schlossen wir, dass er Befehl hatte, manche zu erschlagen und andere zu verschonen. Doch in dem Moment, als die Tür aufging, war plötzlich Tash da, auf dieser Seite der Tür; keiner von uns hatte gesehen, woher er gekommen war. Und durch die Tür kam ein großer Kater. Er warf einen Blick auf Tash und rannte um sein Leben; gerade noch rechtzeitig, denn Tash stürzte sich auf ihn, und die Tür schlug gegen seinen Schnabel, als sie geschlossen wurde. Der Mann konnte Tash sehen. Er wurde leichenblass und verneigte sich vor dem Ungeheuer, doch es verschwand.

Dann warteten wir wieder lange Zeit. Endlich öffnete sich die Tür zum dritten Mal und ein junger Kalormene kam herein. Er gefiel mir. Der Wächter an der Tür fuhr zusammen und machte ein überraschtes Gesicht, als er ihn sah. Ich glaube, er hatte jemand ganz anderen erwartet ...«

»Jetzt verstehe ich alles«, sagte Eustace (der die schlechte Angewohnheit hatte, Geschichten zu unterbrechen). »Der Kater sollte als Erster hineingehen, und der Wächter hatte Befehl, ihm nichts zu tun. Dann sollte der Kater wieder herauskommen und sagen, er hätte diesen scheußlichen Tashlan gesehen, und so *tun*, als hätte er Angst, um die anderen Tiere zu erschrecken. Doch Trix hatte nicht damit gerechnet, dass der echte Tash auftauchen würde; so hatte Rosso echte Angst, als er herauskam. Und danach hatte Trix vor, alle hineinzuschicken, die er loswerden wollte, damit der Wächter sie totschlüge.

Und ...«

»Mein Freund«, sagte Tirian leise, »du hältst die Dame von ihrer Erzählung ab.«

»Nun«, fuhr Lucy fort, »der Wächter war überrascht. Das verschaffte dem anderen Mann gerade genug Zeit, um seine Deckung hochzunehmen. Sie kämpften miteinander. Er tötete den Wächter und warf ihn zur Tür hinaus. Dann kam er langsam in unsere Richtung. Er konnte uns sehen und alles andere auch. Wir versuchten ihn anzusprechen, aber es war, als wäre er in Trance. Immerzu sagte er Tash, Tash, wo ist Tash? Ich gehe zu Tash. Schließlich gaben wir es auf und er ging weg – irgendwo dorthin. Ich mochte ihn. Und danach ... uh!« Lucy verzog das Gesicht.

»Danach«, sagte Edmund, »warf jemand einen Affen durch die Tür. Und Tash war wieder zur Stelle. Meine Schwester ist so weichherzig, dass sie Euch nicht gern davon erzählt, dass Tash nur einmal zuschnappte, und der Affe war weg!«

»Geschieht ihm recht!«, sagte Eustace. »Trotzdem, ich hoffe, dass er Tash schlecht bekommt.«

»Und danach«, fuhr Edmund fort, »kam ungefähr ein Dutzend Zwerge; und dann Jill, dann Eustace und zuletzt Ihr selbst.«

»Ich hoffe, die Zwerge hat Tash auch gefressen«, sagte Eustace. »Die kleinen Schweine.«

»Nein, hat er nicht«, sagte Lucy. »Sei nicht so gemein. Sie sind noch hier. Du kannst sie von hier aus sogar sehen. Ich habe versucht Freundschaft mit ihnen zu schließen, aber es hat keinen Zweck.«

»*Freundschaft* mit denen!«, rief Eustace. »Wenn du wüsstest, wie diese Zwerge sich benommen haben!«

»Ach, hör schon auf, Eustace«, sagte Lucy. »Komm und sieh sie dir an. König Tirian, vielleicht könnt *Ihr* etwas für sie tun.«

»Ich kann heute keine große Zuneigung für Zwerge empfinden«, sagte Tirian. »Doch auf Eure Bitte, Lady, würde ich noch Größeres vollbringen als dies.«

Lucy ging voraus, und bald konnten sie alle die Zwerge sehen. Sie boten einen sehr seltsamen Anblick. Sie schlenderten nicht umher oder vergnügten sich (obwohl die Schnüre, mit denen man sie gefesselt hatte, anscheinend verschwunden waren) und sie legten sich auch nicht hin, um sich auszuruhen. Stattdessen saßen sie ganz dicht beieinander in einem kleinen Kreis, die Gesichter einander zugewandt. Sie schauten sich nicht um und nahmen keinerlei Notiz von den Menschen, bis Lucy und Tirian fast nahe genug waren, um sie zu berühren. Da legten die Zwerge alle die Köpfe schief, als ob sie niemanden sehen könnten, aber angestrengt lauschten, und versuchten an den Geräuschen zu erkennen, was vor sich ging.

»Aufgepasst!«, sagte einer von ihnen in griesgrämigem Ton. »Seht zu, wo ihr hintretet. Tretet nicht in unsere Gesichter!«

»Schon gut!«, erwiderte Eustace entrüstet. »Wir sind ja nicht blind. Wir haben Augen im Kopf.«

»Die müssen aber verdammt gut sein, wenn ihr hier drinnen etwas sehen könnt«, sagte derselbe Zwerg – sein Name war Diggel.

»Wo drinnen?«, fragte Edmund.

»Du Holzkopf, *hier* drinnen natürlich«, sagte Diggel. »In diesem winzigen, stinkenden pechschwarzen Loch von einem Stall.«

»Seid ihr blind?«, fragte Tirian.

»Als ob wir nicht im Dunkeln alle blind wären!«, gab Diggel zurück.

»Aber hier ist es doch gar nicht dunkel, ihr armen, dummen Zwerge«, sagte Lucy. »Seht ihr denn nicht? Blickt doch einmal auf! Schaut euch um! Seht ihr nicht den Himmel und die Bäume und die Blumen? Könnt ihr denn *mich* nicht sehen?«

»So ein Humbug, wie soll ich denn etwas sehen, was nicht da ist? Und wieso sollte ich dich in dieser pechschwarzen Finsternis besser sehen als du mich?«

»Aber ich *kann* dich sehen«, sagte Lucy. »Ich beweise dir, dass ich dich sehen kann. Du hast eine Pfeife im Mund.«

»Das könnte jeder sagen, der weiß, wie Knaster riecht«, erwiderte Diggel.

»Oh, die armen Kerle! Das ist ja furchtbar«, sagte Lucy. Dann kam ihr eine Idee. Sie bückte sich und pflückte ein paar wilde Veilchen. »Hör zu, Zwerg«, sagte sie. »Wenn auch mit deinen Augen etwas nicht stimmt, ist deine Nase vielleicht noch in Ordnung; kannst du das hier riechen?« Sie beugte sich zu ihm und hielt die frischen, feuchten Blumen unter Diggels hässliche Nase. Doch sie musste einen blitzschnellen Satz zurück machen, um einem Hieb seiner harten kleinen Faust zu entgehen.

»Hör auf damit!«, schrie er. »Was fällt dir ein! Wie kommst du dazu, mir mit einem Bündel dreckigem Stallmist im Gesicht herumzufuchteln? Eine Distel war auch dabei. So eine Frechheit! Wer bist du überhaupt?«

»Erdmann«, sagte Tirian, »dies ist Königin Lucy, hierhergesandt von Aslan aus der fernen Vergangenheit. Und allein ihr verdankt ihr es, dass ich, Tirian, euer rechtmäßiger König, nicht euch allen die Köpfe von den Schultern schlage, erwiesene und doppelt erwiesene Verräter, die ihr seid.«

»Also, das schlägt doch dem Fass den Boden aus!«, rief Diggel. »Wie *könnt* ihr nur immer noch solchen Unfug reden? Euer großartiger Löwe ist euch doch nicht zu Hilfe gekommen, oder etwa doch? Seht ihr? Und jetzt – selbst jetzt noch –, nachdem ihr besiegt und in dieses schwarze Loch gesteckt worden seid, genau wie wir anderen, treibt ihr immer noch euer altes Spiel. Ihr fangt sogar mit einer neuen Lüge an! Versucht uns einzureden, keiner von uns wäre eingeschlossen und es wäre überhaupt nicht dunkel und der Himmel weiß, was sonst noch alles.«

»Hier *ist* kein schwarzes Loch, außer in deiner Einbildung, du Narr!«, rief Tirian. »Komm *heraus* da.« Und er beugte sich vor, packte Diggel am Gürtel und an der Kapuze und schwang ihn geradewegs aus dem Kreis der Zwerge heraus. Doch kaum hatte Tirian ihn wieder abgesetzt, da schoss Diggel zurück an seinen Platz zwischen den anderen, rieb sich die Nase und heulte: »Au! Au! Wieso habt Ihr das gemacht? Einfach so mein Gesicht gegen die Wand zu rammen. Ihr hättet mir beinahe die Nase gebrochen.«

»Oje!«, sagte Lucy. »Wie *können* wir ihnen denn helfen?«

»Lass sie in Ruhe«, sagte Eustace; doch noch während er sprach, erzitterte die Erde. Die süße Luft duftete auf einmal noch süßer. Etwas Helles strahlte hinter ihnen auf. Alle drehten sich um. Tirian tat es als Letzter, weil er sich fürchtete. Da stand er, nach dem sein Herz verlangte, riesig und wirklich, der Goldene Löwe, Aslan selbst. Die anderen knieten schon im Kreis um seine Vorderpranken und vergruben ihre Hände und Gesichter in seiner Mähne, während er sein mächtiges Haupt neigte, um sie mit seiner Zunge zu berühren. Dann richtete er seinen Blick auf Tirian, und Tirian kam zitternd näher und warf sich dem Löwen zu Füßen, und der Löwe küsste ihn und sagte: »Wohlgetan, Letzter der Könige von Narnia, der in der dunkelsten Stunde standhaft blieb.«

»Aslan«, sagte Lucy unter Tränen, »könntest du – würdest du etwas tun, um diesen armen Zwergen zu helfen?«

»Liebes«, erwiderte Aslan, »ich werde dir zeigen, sowohl, was ich tun kann, als auch, was ich nicht tun kann.« Er trat nahe an die Zwerge heran und stieß ein leises Knurren aus; leise, aber es brachte die ganze Luft zum Erzittern. Doch die Zwerge sagten zueinander: »Habt ihr das gehört? Das ist die Bande am anderen Ende des Stalls. Die versuchen uns Angst einzujagen. Das machen die bestimmt mit irgendeiner Maschine. Achtet nicht darauf. *Uns* führen die nicht noch einmal an.«

Aslan hob den Kopf und schüttelte seine Mähne. Sogleich erschien ein prachtvolles Festmahl an den Knien der Zwerge: Pasteten und Ochsenzungen und gebratene Tauben und Biskuits mit Obst und Schlagsahne und Eiscreme, und jeder der Zwerge hatte einen Kelch mit gutem Wein in der rechten Hand. Aber es half nicht viel. Sie fingen zwar an, gierig zu essen und zu trinken, aber man sah, dass sie nichts davon richtig schmecken konnten. Sie glaubten, sie äßen und tränken nur Dinge, die man in einem Stall finden konnte. Einer sagte, er versuche Heu zu essen, ein anderer meinte, er hätte ein Stück von einer alten Rübe, und ein dritter sagte, er habe ein rohes Kohlblatt gefunden. Und sie hoben goldene Kelche mit tiefrotem Wein an die Lippen und sagten: »Uh! Schmutziges Wasser aus einem Trog zu trinken, aus dem vorher ein Esel gesoffen hat! Hätte nie gedacht, dass es mal so weit mit mir kommen würde.«

Doch schon bald begann jeder der Zwerge zu argwöhnen, dass jeder andere Zwerg etwas Besseres gefunden hätte als er selbst, und sie fingen an, sich gegenseitig die Sachen wegzugrapschen und wegzuschnappen. Dann kam es zum Streit, bis es nach ein paar Minuten kein Halten mehr gab und eine Prügelei ausbrach und all die guten Speisen auf ihren Gesichtern und Kleidern verschmiert und unter ihren Füßen zertreten wurden. Doch als sie sich endlich wieder hinsetzen, um ihre blau geschlagenen Augen und ihre blutigen Nasen zu pflegen, sagten sie alle: »Na, wenigstens ist jetzt Schluss mit dem Humbug. Wir haben uns von niemandem anführen lassen. Die Zwerge sind für die Zwerge.«

»Seht ihr«, sagte Aslan. »Sie wollen sich nicht von uns helfen lassen. Gerissenheit ist ihnen lieber als Glaube. Ihr Gefängnis ist nur in ihren eigenen Köpfen, doch in diesem Gefängnis sitzen sie fest; und sie fürchten sich so sehr davor, angeführt zu werden, dass sie nicht herausgeführt werden können. Aber kommt, Kinder. Ich habe noch mehr zu vollbringen.«

Er ging zur Tür und alle folgten ihm. Er hob den Kopf und brüllte: »Jetzt ist es Zeit!«, dann lauter: »Zeit!«; dann so laut, dass es die Sterne zum Erzittern hätte bringen können: »ZEIT!«

Die Tür sprang auf.

Nacht fällt auf Narnia

Sie stellten sich alle rechts neben Aslan auf und schauten durch die offene Tür.

Das Lagerfeuer war erloschen. Über der Erde lag Finsternis. Man hätte nicht einmal gemerkt, dass man in einen Wald blickte, man hätte nicht sehen können, wo die dunklen Silhouetten der Bäume endeten und die Sterne begannen. Doch als Aslan noch ein weiteres Mal gebrüllt hatte, sahen sie draußen zu ihrer Linken noch eine andere schwarze Gestalt. Das heißt, sie sahen einen weiteren Fleck, in dem es keine Sterne gab; und dieser Fleck wuchs immer weiter nach oben und bekam die Umrisse eines Mannes, des größten aller Riesen. Sie alle kannten Narnia gut genug, um sich auszurechnen, wo er stehen musste. Er musste auf dem Hochmoorland sein, das sich jenseits des Flusses Schribbel weit nach Norden erstreckte.

Da erinnerten sich Jill und Eustace daran, wie sie vor langer Zeit in den tiefen Höhlen unter jenen Mooren einen gewaltigen Riesen im Schlaf gesehen hatten und man ihnen gesagt hatte, sein Name sei Vater Zeit und er werde an dem Tag erwachen, an dem die Welt enden würde.

»Ja«, sagte Aslan, obwohl sie nicht gesprochen hatten. »Während er im Traum lag, war sein Name Zeit. Jetzt, wo er wach ist, wird er einen neuen bekommen.«

Dann hob der gewaltige Riese ein Horn an seinen Mund. Sie erkannten das an der Veränderung seines schwarzen Umrisses vor den Sternen. Danach – eine ganze Weile später, weil der Schall sich so langsam bewegt – hörten sie den Klang des Horns: hoch und schrecklich, doch von einer seltsamen, tödlichen Schönheit.

Im nächsten Moment war der Himmel voller Sternschnuppen. Schon eine Sternschnuppe ist ein wunderbarer Anblick; doch es waren Dutzende, dann Dutzende von Dutzenden, dann Hunderte, bis es aussah wie ein silberner Regen; und es ging immer weiter. Und nachdem das eine Weile so gegangen war, kam dem einen oder anderen von ihnen der Gedanke, dass da außer dem Riesen noch ein anderer dunkler Schatten vor dem Himmel lag. Er befand sich an einer anderen Stelle, direkt über ihnen, ganz oben am Dach des Himmels, wie man es nennen könnte. »Vielleicht eine Wolke«, dachte Edmund. Jedenfalls waren dort keine Sterne; nur tiefes Schwarz. Doch ringsum ging der Sternenregen weiter. Und dann fing der sternenlose Fleck an zu wachsen und sich vom Mittelpunkt des Himmels immer weiter auszubreiten. Bald war ein Viertel des ganzen Himmels schwarz, dann die Hälfte, und schließlich war der Sternschnuppenregen nur noch tief über dem Horizont zu sehen.

Mit einem Schauder des Staunens und Schreckens begriffen alle plötzlich, was da passierte. Die sich ausbreitende Schwärze war gar keine Wolke; sie bedeutete einfach nur Leere. Der schwarze Teil des Himmels war der Teil, wo keine Sterne mehr waren. Alle Sterne fielen herab; Aslan hatte sie heimgerufen.

Die letzten Sekunden, bevor der Sternenregen völlig versiegte, waren sehr aufregend. Überall rings um sie her begannen Sterne herabzufallen. Doch die Sterne in jener Welt sind keine großen Flammenkugeln wie in unserer. Sie sind Leute (Edmund und Lucy waren schon einmal einem begegnet). Nun sahen sie also Scharen glitzernder Leute – alle mit langen Haaren wie brennendes Silber und Speeren wie weiß glühendes Metall – aus der Schwärze der Nacht auf sich zu strömen, rascher als fallende Steine. Sie machten ein zischendes Geräusch, wenn sie landeten und das Gras verbrannten. Und all diese Sterne glitten an ihnen vorbei und stellten sich irgendwo hinter sie, etwas rechts von ihnen.

Das war ein großer Vorteil, denn sonst wäre nun, da keine Sterne mehr am Himmel standen, alles vollkommen dunkel gewesen und man hätte überhaupt nichts mehr gesehen. So jedoch warf die Menge der Sterne hinter ihnen ein grelles weißes Licht über ihre Schultern. Unzählige Meilen weit sahen sie die narnianischen Wälder vor sich ausgebreitet, angestrahlt wie von Flutlicht. Jeder Busch und fast jeder Grashalm hatte seinen schwarzen Schatten hinter sich. Der Rand jedes Blattes stach so deutlich hervor, dass man glaubte, sich den Finger daran schneiden zu können.

Auf dem Gras vor ihnen lagen ihre eigenen Schatten. Doch das Großartigste war Aslans Schatten. Er strömte zu ihrer Linken weg, riesenhaft und schreckenerregend. Und all dies unter einem Himmel, der nun für immer sternenlos sein würde.

Das Licht, das von hinter ihnen (und ein wenig zu ihrer Rechten) kam, war so stark, dass es selbst die Hänge der Moore im Norden erleuchtete. Irgendetwas bewegte sich dort oben. Riesenhafte Tiere krochen und glitten herab nach Narnia: große Drachen und Riesenechsen und ungefiederte Vögel mit Flügeln wie Fledermäuse. Sie verschwanden in den Wäldern, und für einige Minuten herrschte Stille. Dann kam – zuerst aus sehr weiter Ferne – ein Heulen und dann aus allen Richtungen ein Rascheln und Trappeln und das Geräusch von Flügeln. Es kam immer näher. Bald war das Trippeln kleiner Füße vom Stampfen großer Tatzen und das Klappern leichter kleiner Hufe vom Donnern großer Hufe deutlich zu unterscheiden. Und dann konnte man Tausende von Augenpaaren schimmern sehen. Und endlich kamen aus dem Schatten der Bäume die verschiedensten Geschöpfe zu Tausenden und zu Millionen den Hang herauf und rannten um ihr Leben – Sprechende Tiere, Zwerge, Satyrn, Faune, Riesen, Kalormenen, Menschen aus Archenland, Monopoden und seltsame, unirdische Wesen von den fernen Inseln der unbekannten Länder im Westen. Sie alle stürmten auf die Tür zu, wo Aslan stand.

Dieser Teil des Abenteuers war der einzige, der ihnen in diesem Moment wie ein Traum erschien und an den sie sich später nur mit Mühe richtig erinnern konnten. Insbesondere war es unmöglich, zu sagen, wie lange alles gedauert hatte. Manchmal schienen es nur wenige Minuten gewesen zu sein, doch andere Male kam es ihnen vor, als hätte es Jahre gedauert. Offensichtlich musste entweder die Tür sehr viel größer geworden sein oder die Geschöpfe waren auf einmal so klein wie Mücken, sonst hätte eine so riesige Schar nicht einmal versuchen können, durch sie hindurchzukommen. Doch in diesem Moment dachte niemand über solche Dinge nach.

Die Geschöpfe kamen herangestürmt und ihre Augen glänzten immer heller, je näher sie den stehenden Sternen kamen. Doch als sie vor Aslan anlangten, geschah mit jedem von ihnen eines von zwei Dingen: Sie alle schauten ihm direkt ins Gesicht; ich glaube nicht, dass sie dabei eine andere Wahl hatten. Bei manchen veränderte sich, wenn sie ihn anschauten, ihr Gesichtsausdruck auf schreckliche Weise – sie waren voller Furcht und Hass; nur dass die Furcht und der Hass auf den Gesichtern der Sprechenden Tiere bloß für den Bruchteil einer Sekunde Bestand hatten. Man sah, wie sie plötzlich aufhörten *Sprechende* Tiere zu sein. Sie waren nur noch gewöhnliche Tiere. Und alle Geschöpfe, die Aslan auf diese Weise ansahen, schwenkten nach rechts, zu seiner Linken, und verschwanden in seinem riesigen schwarzen Schatten, der (wie ihr schon gehört habt) von der Tür aus nach links strömte. Die Kinder sahen sie nie wieder. Ich weiß nicht, was aus ihnen wurde.

Doch die anderen schauten in Aslans Gesicht und liebten ihn, wenn auch manche von ihnen gleichzeitig große Angst hatten. Und all diese kamen durch die Tür herein, zur Rechten Aslans. Es waren manch seltsame Gestalten darunter. Eustace erkannte sogar einen derselben Zwerge, die auf die Pferde geschossen hatten. Doch ihm blieb keine Zeit, sich über derlei Dinge Gedanken zu machen (und es ging ihn sowieso nichts an), denn nun vertrieb eine überwältigende Freude alles andere aus seinem Kopf. Unter den fröhlichen Geschöpfen, die sich jetzt um Tirian und seine Freunde scharten, waren all die, von denen sie gedacht hatten, sie seien tot. Da waren Runwit der Zentaur und Saphir das Einhorn, und der gute Keiler und der gute Bär und Weitsicht der Adler und die lieben Hunde und die Pferde und Poggin der Zwerg.

»Weiter hinein und höher hinauf!«, rief Runwit und donnerte im Galopp in Richtung Westen davon. Und obwohl sie ihn nicht verstanden, lösten die Worte irgendwie ein Kribbeln in ihrem ganzen Körper aus. Der Keiler grunzte sie fröhlich an. Der Bär wollte gerade murmeln, er verstehe immer noch nicht, als sein Blick auf die Obstbäume hinter ihnen fiel. So schnell er konnte, watschelte er zu diesen Bäumen und fand dort ohne Zweifel etwas, was er sehr gut verstand. Doch die Hunde blieben und wedelten mit den Schwänzen, und Poggin blieb und schüttelte allen die Hände und grinste über sein ganzes ehrliches Gesicht. Und Saphir legte seinen schneeweißen Kopf auf die Schulter des Königs und der König flüsterte in Saphirs Ohr. Dann wandten alle ihre Aufmerksamkeit wieder dem zu, was durch die Tür zu sehen war.

Die Drachen und Riesenechsen hatten Narnia nun für sich. Sie liefen hin und her, rissen Bäume mitsamt den Wurzeln aus und zermalmten sie wie Rhabarberstängel. Mit jeder Minute wurden die Wälder weniger. Das ganze Land wurde kahl, sodass man alle möglichen Einzelheiten des Geländes erkennen konnte – all die kleinen Erhebungen und Senken –, die einem vorher nie aufgefallen waren. Das Gras verdorrte. Bald darauf sah Tirian eine Welt aus nacktem Fels und nackter Erde vor sich. Es war kaum zu glauben, dass dort jemals etwas gelebt hatte. Die Ungeheuer selbst wurden alt, legten sich nieder und starben. Ihr Fleisch vertrocknete, bis die Knochen zum Vorschein kamen; bald waren sie nur noch riesige Skelette, die hier und da auf den toten Felsen lagen und aussahen, als wären sie schon vor Jahrtausenden gestorben. Lange Zeit war alles still.

Schließlich bewegte sich etwas Weißes – eine lange, waagrechte weiße Linie, die im Licht der stehenden Sterne schimmerte – vom östlichen Ende der Welt her auf sie zu. Ein Geräusch durchbrach von allen Seiten die Stille; erst ein Murmeln, dann ein Rumpeln, dann ein Dröhnen. Und jetzt sahen sie auch, was da auf sie zukam und wie schnell es kam. Es war eine Wand aus schäumendem Wasser. Das Meer erhob sich. In jener baumlosen Welt konnte man das sehr gut sehen. Man sah, wie alle Flüsse breiter und die Seen größer wurden, wie sich verschiedene Seen zu einem vereinten und aus Tälern neue Seen wurden, wie sich Hügel in Inseln verwandelten und wie dann diese Inseln verschwanden. Und die Hochmoore zu ihrer Linken und die höheren Berge zu ihrer Rechten brachen ein und glitten donnernd und spritzend in das aufsteigende Wasser; und das Wasser brandete bis an die Schwelle der Tür (ohne je darüber hinwegzuschwappen), sodass der Schaum Aslans Vorderpranken umspülte. Nun gab es nur noch eine riesige Wasserfläche von dort, wo sie standen, bis dahin, wo das Wasser den Himmel berührte.

Und dort draußen begann es hell zu werden. Ein Streifen einer trostlosen, unheilvollen Dämmerung breitete sich am Horizont aus, wurde breiter und heller, bis sie schließlich das Licht der Sterne, die hinter ihnen standen, kaum noch bemerkten. Endlich ging die Sonne auf. Als es so weit war, sahen Lord Digory und Lady Polly sich an und nickten einander zu; diese beiden hatten einst in einer anderen Welt schon einmal eine sterbende Sonne gesehen und wussten deshalb sofort, dass auch diese Sonne am Ersterben war. Sie war dreimal – zwanzigmal – so groß, wie sie hätte sein sollen, und ganz dunkelrot. Als ihre Strahlen auf den großen Riesen Zeit fielen, wurde auch er rot; und im Widerschein jener Sonne sah die ganze uferlose Wasserwüste aus wie Blut.

Dann ging der Mond auf, an ganz falscher Stelle, dicht bei der Sonne, und auch er war rot. Und bei seinem Anblick begannen gewaltige Flammen wie Haarsträhnen oder Schlangen aus tiefrotem Feuer aus der Sonne auf ihn zuzulodern. Es war, als wäre die Sonne wie ein Krake, der den Mond mit seinen Tentakeln an sich ziehen wollte. Und vielleicht zog sie ihn auch an sich. Zumindest kam er zu ihr, zuerst langsam, dann immer schneller, bis schließlich ihre ausgestreckten Flammen ihn umzüngelten und die beiden miteinander verschmolzen und zu einem riesigen Ball wie aus glühender Kohle wurden. Gewaltige feurige Klumpen tropften daraus hinab ins Meer und Dampfwolken stiegen auf.

Dann sagte Aslan: »Nun mach ein Ende.«

Der Riese warf sein Horn ins Meer. Dann streckte er einen Arm – tiefschwarz sah er aus und Tausende von Meilen lang – quer über den Himmel, bis seine Hand die Sonne erreichte. Er nahm die Sonne und zerquetschte sie in seiner Hand, wie man eine Orange ausdrückt. Und sofort herrschte völlige Dunkelheit.

Alle außer Aslan wichen vor der eiskalten Luft zurück, die nun durch die Tür wehte. Der Rahmen war bereits mit Eiszapfen bedeckt.

»Peter, Hochkönig von Narnia«, sagte Aslan. »Schließ die Tür.«

Zitternd vor Kälte lehnte sich Peter hinaus in die Finsternis und zog die Tür zu. Sie kratzte über das Eis, als er sie heranzog. Dann holte er ziemlich unbeholfen (denn schon in diesem kurzen Moment waren seine Hände taub und blau geworden) einen goldenen Schlüssel hervor und verschloss sie.

Was sie durch diese Tür gesehen hatten, war seltsam genug. Doch seltsamer als all das war es, sich umzuschauen und sich im warmen Sonnenlicht wiederzufinden, über sich den blauen Himmel, Blumen zu ihren Füßen, und das Lachen in Aslans Augen zu sehen.

Er drehte sich rasch um, kauerte sich nieder, schlug sich mit dem Schwanz gegen die Flanke und schoss mit einem gewaltigen Satz davon wie ein goldener Pfeil.

»Kommt weiter hinein! Kommt weiter hinauf!«, rief er über die Schulter zurück. Aber wer konnte bei diesem Tempo mit ihm Schritt halten? Sie gingen in Richtung Westen los, um ihm zu folgen.

»So fällt nun Nacht auf Narnia«, sagte Peter. »Was ist, Lucy? Weinst du etwa? Wenn Aslan uns voranstürmt und wir alle hier sind?«

»Halt mich nicht davon ab, Peter«, sagte Lucy. »Aslan täte es bestimmt auch nicht. Ich bin sicher, dass es nicht falsch ist, um Narnia zu trauern. Denk doch an all das, was jetzt tot und zu Eis erstarrt hinter jener Tür liegt.«

»Ja, und ich hatte so sehr gehofft«, sagte Jill, »dass es für immer bestehen würde. Dass *unsere* Welt das nicht kann, wusste ich ja. Aber ich dachte, mit Narnia wäre es vielleicht anders.«

»Ich habe gesehen, wie es begann«, sagte Lord Digory. »Ich hätte nicht gedacht, dass ich erleben würde, wie es stirbt.«

»Ihr Herren«, sagte Tirian. »Die Damen weinen zu Recht. Seht, ich tue es selbst. Ich habe meine Mutter sterben sehen. Welche Welt außer Narnia habe ich je gekannt? Es wäre keine Tugend, sondern eine große Lieblosigkeit, wenn wir nicht trauern würden.«

So ließen sie die Tür hinter sich und mit ihr die Zwerge, die immer noch dicht gedrängt in ihrem eingebildeten Stall saßen. Und im Wandern redeten sie miteinander über alte Kriege und alten Frieden und die Könige alter Zeiten und alle Herrlichkeiten Narnias.

Die Hunde waren immer noch bei ihnen. Sie beteiligten sich an dem Gespräch, aber nur spärlich, denn sie waren zu sehr damit beschäftigt, voraus- und wieder zurückzurennen und davonzujagen, um die Düfte im Gras zu schnuppern, bis sie niesen mussten. Plötzlich nahmen sie einen Duft auf, der sie mächtig aufzuregen schien. Sie fingen an, darüber zu debattieren: »Ja, das ist es ... Nein, ist es nicht ... Das habe ich doch gerade gesagt ... Jeder kann riechen, was *das* ist ... Nimm deine große Nase aus dem Weg und lass auch andere mal riechen.«

»Was ist los, Vettern?«, fragte Peter.

»Ein Kalormene, Sire«, erwiderten mehrere Hunde zugleich.

»Dann führt uns zu ihm«, sagte Peter. »Ob er uns im Frieden oder im Krieg entgegentritt, er soll willkommen sein.«

Die Hunde jagten voraus und kamen einen Moment später wieder zurückgerannt, als hinge ihr Leben davon ab, und bellten laut, es sei tatsächlich ein Kalormene. (Sprechende Hunde benehmen sich ebenso wie gewöhnliche immer so, als hielten sie das, was sie im Moment gerade tun, für unermesslich wichtig.)

Die anderen folgten den Hunden und fanden einen jungen Kalormenen, der an einem klaren Bach unter einem Kastanienbaum saß. Es war Emeth. Er erhob sich sofort und verbeugte sich feierlich.

»Sir«, sagte er zu Peter, »ich weiß nicht, ob Ihr mein Freund oder mein Feind seid, doch das eine wie das andere würde ich mir zur Ehre anrechnen. Hat nicht einer der Dichter gesagt, dass ein edler Freund die beste Gabe sei und ein edler Feind die zweitbeste?«

»Sir«, erwiderte Peter, »ich wüsste nicht, warum es Streit zwischen uns geben sollte.«

»Sagt uns doch, wer Ihr seid und was Euch widerfahren ist«, sagte Jill.

»Wenn es eine Geschichte gibt, lasst uns alle etwas trinken und uns hinsetzen«, bellten die Hunde. »Wir sind ziemlich außer Atem.«

»Nun, das ist kein Wunder, wenn ihr immerzu so hin und her jagt wie bisher«, sagte Eustace.

So ließen sich die Menschen im Gras nieder. Und nachdem die Hunde alle sehr geräuschvoll am Bach getrunken hatten, setzten auch sie sich hin, kerzengerade, hechelnd, die Zungen ein wenig seitlich aus den Mäulern hängend, um die Geschichte zu hören. Nur Saphir blieb stehen und polierte sein Horn an seiner Flanke.

Weiter hinauf und weiter hinein

»Wisset, o streitbare Könige«, sagte Emeth, »und Ihr Herrinnen, deren Schönheit das All erstrahlen lässt, dass ich Emeth bin, der siebente Sohn von Harpha Tarkaan aus der Stadt Tehishbaan, im Westen jenseits der Wüste. Ich kam vor Kurzem mit neunundzwanzig anderen unter dem Befehl von Rishda Tarkaan nach Narnia. Als ich zum ersten Mal hörte, dass wir gegen Narnia marschieren würden, jubelte ich; denn ich hatte viel von Eurem Land gehört und sehnte mich sehr danach, Euch in der Schlacht zu begegnen. Doch als ich erfuhr, dass wir als Händler verkleidet (ein schändliches Gewand für einen Krieger und Sohn eines Tarkaans) gehen und mit Lügen und Listen arbeiten würden, wich alle Freude von mir. Und vor allem als mir klar wurde, dass wir einem Affen zu Diensten sein mussten; und als die Rede aufkam, Tash und Aslan wären ein und derselbe, da verfinsterte sich die Welt in meinen Augen. Denn seit ich ein Junge war, habe ich stets Tash gedient, und mein größtes Verlangen war es, mehr über ihn zu erfahren und ihn, wenn möglich, von Angesicht zu Angesicht zu sehen. Doch der Name Aslan war mir verhasst.

Und wie Ihr gesehen habt, wurden wir Nacht für Nacht vor dem strohgedeckten Schuppen zusammengerufen und das Feuer wurde entfacht, und der Affe führte ein Wesen auf vier Beinen aus dem Schuppen heraus, das ich nicht gut erkennen konnte. Und die

Menschen und Tiere verneigten sich davor und verehrten es. Ich aber dachte, der Tarkaan wird von dem Affen betrogen. Denn jenes Wesen, das da aus dem Stall kommt, ist weder Tash noch irgendein anderer Gott. Doch als ich das Gesicht des Tarkaans beobachtete und auf jedes Wort achtete, das er zu dem Affen sagte, änderte ich meine Meinung; denn ich sah, dass der Tarkaan selbst nicht daran glaubte. Und da begriff ich, dass er überhaupt nicht an Tash glaubte; denn hätte er geglaubt, wie hätte er es dann gewagt, ihn zu verhöhnen?

Als ich das erkannte, kam eine große Wut über mich und ich wunderte mich, dass der wahre Tash nicht sowohl den Affen wie den Tarkaan mit Feuer vom Himmel vernichtete. Doch ich verbarg meinen Zorn und hielt meine Zunge im Zaum und wartete ab, wie alles enden würde. Doch in der letzten Nacht brachte der Affe, wie einige von euch wissen, nicht das gelbe Wesen heraus, sondern sagte, alle, die Tashlan sehen wollten – denn so vermischten sie die beiden Worte, um vorzutäuschen, sie wären eins –, müssten einer nach dem anderen in den Schuppen gehen. Und ich sagte mir: Zweifellos ist das wieder eine neue Täuschung. Doch als der Kater hineingegangen und vor Schrecken wahnsinnig wieder herausgekommen war, sagte ich mir: Gewiss ist der wahre Tash, den sie ohne Wissen oder Glauben angerufen haben, nun unter uns erschienen und wird Rache nehmen. Und obwohl mir das Herz in meiner Brust vor der Größe und dem Schrecken Tashs zerschmolz, war mein Verlangen doch stärker als meine Furcht. Ich spannte meine Knie an, damit sie nicht zitterten, und biss die Zähne zusammen, damit sie nicht klapperten, und beschloss, Tashs Angesicht zu sehen, auch wenn er mich töten sollte. So erbot ich mich, in den Schuppen zu gehen, und der Tarkaan ließ mich, wenn auch widerstrebend, hinein.

Kaum war ich durch die Tür getreten, war das erste Wunder, dass ich mich in diesem strahlenden Sonnenlicht wiederfand (in dem wir alle uns nun befinden), obwohl das Innere des Schuppens von außen dunkel ausgesehen hatte. Doch ich hatte keine Zeit, darüber zu staunen, denn sogleich war ich gezwungen, gegen einen unserer eigenen Männer um mein Leben zu kämpfen. Sobald ich ihn sah, erkannte ich, dass der Affe und der Tarkaan ihn dorthin befohlen hatten, um jeden zu töten, der hereinkam und nicht mit ihnen im Bunde war. Somit war auch dieser Mann ein Lügner und Spötter und kein wahrer Diener Tashs. Ich war entschlossen, gegen ihn zu kämpfen, und nachdem ich den Übeltäter erschlagen hatte, warf ich ihn hinter mir durch die Tür.

Dann schaute ich mich um und sah den Himmel und das weite Land und roch die süße Luft. Und ich sagte: Bei den Göttern, dies ist ein herrlicher Ort; mir scheint fast, ich bin im Lande Tashs angekommen. Und so begann ich das seltsame Land zu durchwandern und nach ihm zu suchen.

Ich ging über weite Wiesen voller Blumen und unter allerlei prachtvollen, lieblichen Bäumen einher, bis mir unversehens an einer engen Stelle zwischen zwei Felsen ein mächtiger Löwe entgegentrat. Schnell war er wie ein Strauß und groß wie ein Elefant; sein Fell war wie pures Gold und seine Augen glänzten wie glühendes Gold im Schmelztiegel. Er war schrecklicher als der Flammende Berg von Lagour, und an Schönheit übertraf er alles auf der Welt, wie die blühende Rose den Staub der Wüste übertrifft.

Da fiel ich vor ihm nieder und dachte: Dies ist gewiss die Stunde des Todes, denn der Löwe (der aller Ehre würdig ist) weiß sicher, dass ich all meine Tage Tash gedient habe und nicht ihm. Dennoch ist es besser, den Löwen zu sehen und zu sterben, statt als Tisroc über die ganze Welt zu herrschen und ihn nicht gesehen zu haben. Doch der Herrliche beugte sein goldenes Haupt herab und berührte meine Stirn mit der Zunge und sprach: ›Sohn, du bist willkommen.‹ Ich erwiderte: ›Ach, Herr, ich bin keiner deiner Söhne, sondern ein Diener Tashs.‹ Er antwortete: ›Kind, was immer du für Tash getan hast, will ich dir anrechnen, als hättest du es in meinem Namen getan.‹ Da überwand ich wegen meines großen Verlangens nach Weisheit und Erkenntnis meine Furcht und befragte den Herrlichen und sprach: ›Herr, ist es denn wahr, wie der Affe sagte, dass Ihr und Tash ein und derselbe seid?‹ Darauf knurrte der Löwe, sodass die Erde erzitterte (doch sein Zorn richtete sich nicht gegen mich), und sagte: ›Es ist Lug und Trug. Nicht weil er und ich eins wären, sondern weil wir so verschieden sind, rechne ich mir die Dienste zu, die du ihm erwiesen hast. Denn er und ich sind von so verschiedener Art, dass mir kein schändlicher Dienst geleistet werden kann, und ihm keiner, der nicht schändlich ist. Wenn darum ein Mensch bei Tash schwört und seinen Schwur um des Schwures willen hält, hat er in Wahrheit bei mir geschworen, auch wenn er es nicht weiß, und ich bin es, der ihn belohnen wird. Und wenn ein Mensch in meinem Namen Grausames tut, dann ist es, führt er auch den Namen Aslan im Munde, Tash, dem er dient, und von Tash wird seine Tat angenommen. Verstehst du, Kind?‹ Ich sprach: ›Herr, Ihr wisst, wie viel ich verstehe.‹ Aber ich sagte auch (denn die Wahrheit zwang mich dazu): ›Doch ich habe mein Leben lang Tash gesucht.‹ – ›Geliebter‹, sprach der Herrliche, ›hätte es dich nicht nach mir verlangt, so hättest du nicht so lange und so wahrhaftig gesucht. Denn ein jeder findet, was er wahrhaftig sucht.‹

Dann hauchte er mich an und nahm mir das Zittern aus den Gliedern und ließ mich aufstehen. Und danach sagte er nicht mehr viel, außer dass wir uns wieder begegnen würden und dass ich weiter hinauf- und weiter hineingehen müsse. Dann machte er kehrt wie ein goldener Wirbelwind und war plötzlich verschwunden.

Und seither, o Ihr Könige und Herrinnen, bin ich gewandert, um ihn zu finden, und mein Glück ist so groß, dass ich davon geschwächt bin wie von einer Wunde. Und das ist das Wunder aller Wunder, dass er mich Geliebter genannt hat, mich, der ich nicht mehr bin als ein Hund …«

»Wie? Was soll das heißen?«, fragte einer der Hunde.

»Sir«, sagte Emeth. »Das ist nur eine Redensart, die wir in Kalormen haben.«

»Nun, ich kann nicht behaupten, dass sie mir gefällt«, sagte der Hund.

»Er meint es nicht böse«, sagte ein älterer Hund. »Schließlich nennen *wir* unsere Welpen ja auch *Jungen,* wenn sie sich nicht gut benehmen.«

»Stimmt«, sagte der erste Hund. »Oder *Mädchen.*«

»Psst!«, sagte der alte Hund. »Lass die unanständigen Wörter. Denk daran, wo du bist.«

»Schaut!«, sagte Jill plötzlich. Jemand kam ziemlich schüchtern auf sie zu; ein zierliches Geschöpf auf vier Beinen mit silbergrauem Fell. Sie mussten es volle zehn Sekunden lang anstarren, bis auf einmal fünf oder sechs Stimmen gleichzeitig riefen: »Ja, das ist doch der alte Dussel!« Sie hatten ihn noch nie bei Tageslicht ohne das Löwenfell gesehen und der Unterschied war gewaltig. Jetzt war er er selbst: ein hübscher Esel mit so weichem grauem Fell und so einem freundlichen, ehrlichen Gesicht, dass ihr es, wenn ihr ihn gesehen hättet, genauso gemacht hättet wie Jill und Lucy – ihr wärt zu ihm gerannt und hättet eure Arme um seinen Hals gelegt und seine Nase geküsst und seine Ohren gestreichelt.

Als sie ihn fragten, wo er gewesen sei, sagte er, er sei mit all den anderen Geschöpfen zur Tür hereingekommen, doch er sei – nun, um die Wahrheit zu sagen –, er sei ihnen so weit wie möglich aus dem Weg gegangen; ihnen und Aslan. Denn beim Anblick des echten Löwen habe er sich so für den ganzen Unsinn mit der Verkleidung und dem Löwenfell geschämt, dass er gar nicht wusste, wie er irgendjemandem in die Augen schauen sollte. Doch als er sah, dass all seine Freunde in Richtung Westen aufbrachen, und nachdem er ein wenig gegrast hatte (»Und so ein köstliches Gras habe ich noch nie im Leben geschmeckt«, sagte Dussel), hatte er seinen Mut zusammengenommen und war ihnen gefolgt. »Aber was ich tun werde, wenn ich tatsächlich Aslan gegenübertreten muss, das weiß ich wirklich nicht«, fügte er hinzu.

»Du wirst schon merken, dass alles gut wird, wenn es so weit ist«, sagte Königin Lucy.

Dann zogen sie gemeinsam weiter, immer nach Westen, denn das schien die Richtung zu sein, die Aslan gemeint hatte, als er rief: »Weiter hinauf und weiter hinein!« Unzählige andere Geschöpfe bewegten sich langsam in dieselbe Richtung, doch jenes Grasland war sehr weitläufig, sodass es kein Gedränge gab.

Es schien immer noch sehr früh zu sein und die Morgenfrische lag in der Luft. Immer wieder blieben sie stehen, um sich umzuschauen und zurückzublicken, teils, weil es so schön war, aber teils auch, weil da etwas war, was sie nicht verstanden.

»Peter«, sagte Lucy, »was glaubst du, wo wir hier sind?«

»Keine Ahnung«, sagte der Hochkönig. »Es erinnert mich an irgendetwas, aber ich komme nicht darauf. Könnte es sein, dass wir einmal in den Ferien hier waren, als wir noch ganz klein waren?«

»Das müssten aber ausgesprochen herrliche Ferien gewesen sein«, meinte Eustace. »Ich wette, ein Land wie dieses gibt es nirgendwo auf *unserer* Welt. Schaut euch die Farben an! So ein Blau wie das Blau der Berge da drüben gibt es in unserer Welt überhaupt nicht.«

»Ist dies nicht Aslans Land?«, fragte Tirian.

»Es ist nicht wie Aslans Land oben auf jenem Berg hinter dem östlichen Ende der Welt«, sagte Jill. »Dort bin ich schon gewesen.«

»Wenn ihr mich fragt«, sagte Edmund, »ist es hier wie irgendwo in der Welt Narnias. Schaut euch die Berge da vorne an – und die großen eisbedeckten Gipfel dahinter. Das sieht doch fast so aus wie die Berge, die wir von Narnia aus gesehen haben, im Westen, jenseits des Wasserfalls, oder?«

»Ja, du hast recht«, sagte Peter. »Nur sind diese hier größer.«

»Ich finde gar nicht, dass *die* da besonders nach Narnia aussehen«, sagte Lucy. »Aber schaut mal dort.« Sie deutete nach Süden, zu ihrer Linken, und alle blieben stehen und wandten sich um. »Die Hügel dort«, sagte Lucy, »die hübschen, bewaldeten und die blauen dahinter – sehen die nicht ganz ähnlich aus wie die südliche Grenze von Narnia?«

»Ähnlich?«, rief Edmund nach einem Moment der Stille. »Ganz genauso sehen sie aus! Schaut, da ist der Berg Pire mit seiner gegabelten Spitze und dort ist der Pass nach Archenland und alles!«

»Und trotzdem sind sie nicht gleich«, sagte Lucy. »Sie sind irgendwie anders. Sie haben mehr Farben und sehen weiter entfernt aus, als ich sie in Erinnerung habe, und sie sind mehr wie … mehr wie … ach, ich weiß nicht …«

»Mehr wie die Wirklichkeit«, sagte Lord Digory leise.

Plötzlich breitete Weitsicht der Adler seine Flügel aus, schwebte dreißig oder vierzig Fuß hoch in die Luft empor, kreiste einmal und landete dann wieder auf dem Boden.

»Ihr Könige und Königinnen«, rief er, »wir waren alle blind! Erst jetzt fangen wir an zu erkennen, wo wir sind. Von dort oben habe ich alles gesehen – Ettinsmoor, Bibersdamm, den Großen Fluss und Cair Paravel, strahlend wie eh und je am Ufer des Östlichen Meeres. Narnia ist nicht tot. Dies *ist* Narnia.«

»Aber wie kann das sein?«, fragte Peter. »Aslan hat uns Älteren doch gesagt, wir würden nie mehr nach Narnia zurückkehren, und doch sind wir jetzt hier.«

»Ja«, sagte Eustace. »Und wir haben doch gesehen, wie alles unterging und die Sonne ausgelöscht wurde.«

»Und alles ist so anders hier«, fügte Lucy hinzu.

»Der Adler hat recht«, sagte Lord Digory. »Hör zu, Peter. Als Aslan sagte, ihr könntet nie mehr nach Narnia zurückkehren, meinte er das Narnia, das ihr kanntet. Aber das war nicht das wirkliche Narnia. Jenes Narnia hatte einen Anfang und ein Ende. Es war nur ein Schatten, ein Abbild des wirklichen Narnia, das es schon immer gab und immer geben wird. Genau wie unsere Welt, England und alles andere, nur ein Schatten oder ein Abbild von etwas in Aslans wirklicher Welt ist. Du brauchst nicht um Narnia zu trauern, Lucy. Alles, was im alten Narnia von Bedeutung war, all die liebenswerten Geschöpfe, sind durch die Tür ins wirkliche Narnia gezogen worden. Natürlich ist es anders hier – so anders, wie sich etwas Wirkliches von einem Schatten oder das wache Erleben von einem Traum unterscheidet.«

Seine Stimme rüttelte alle auf wie eine Fanfare, als er diese Worte sprach. Doch als er murmelnd hinzufügte: »Steht doch alles bei Platon, alles bei Platon; meine Güte, was *wird* an diesen Schulen eigentlich gelehrt?«, da mussten die Älteren lachen. Genauso hatten sie ihn vor langer Zeit in jener anderen Welt reden hören, wo sein Bart grau gewesen war statt golden. Er wusste, warum sie lachten, und stimmte selbst in das Gelächter ein. Doch sie wurden sehr rasch wieder ernst; denn wie ihr wisst, gibt es eine Art von Glück und Staunen, die einen ernst werden lässt. Sie ist zu gut, um sie mit Scherzen zu vergeuden.

Zu erklären, wie dieses sonnenbeschienene Land sich vom alten Narnia unterschied, wäre genauso schwierig, wie euch zu beschreiben, wie die Früchte in jenem Land schmecken. Vielleicht bekommt ihr eine Ahnung davon, wenn ihr euch Folgendes vorstellt. Ihr wart vielleicht schon einmal in einem Zimmer, in dem ein Fenster hinaus auf eine schöne Meeresbucht blickte oder auf ein grünes Tal, das sich zwischen den Bergen dahinschlängelte. Und an der Wand dieses Zimmers, gegenüber dem Fenster, hing vielleicht ein Spiegel. Und wenn ihr euch von dem Fenster abwandtet, fiel euer Blick plötzlich wieder auf dieses Meer oder dieses Tal, nur diesmal im Spiegel. Und das Meer im Spiegel, oder das Tal im Spiegel, sahen einerseits genauso aus wie in der Wirklichkeit; doch gleichzeitig sahen sie irgendwie anders aus – tiefer, wunderbarer, mehr wie Orte in einer Geschichte; in einer Geschichte, die ihr noch nie gehört habt, aber die ihr sehr gerne kennenlernen würdet. So etwa war auch der Unterschied zwischen dem alten Narnia und dem neuen Narnia. Das neue Land war tiefer; jeder Stein, jede Blume und jeder Grashalm sahen aus, als ob sie mehr bedeuteten. Besser kann ich es nicht beschreiben. Wenn ihr je dorthin kommt, werdet ihr verstehen, wie ich es meine.

Es war das Einhorn, das Worte fand für das, was alle empfanden. Saphir stampfte mit dem rechten Vorderhuf auf den Boden und wieherte und dann rief er: »Endlich bin ich nach Hause gekommen! Dies ist meine wahre Heimat! Hierher gehöre ich. Dies ist das Land, nach dem ich mein ganzes Leben lang gesucht habe, auch wenn ich es bis jetzt nicht wusste. Wenn wir das alte Narnia liebten, dann deshalb, weil es manchmal ein bisschen wie dieses hier aussah. Brihihieh! Kommt weiter hinauf, kommt weiter hinein!«

Er schüttelte seine Mähne und schoss in vollem Galopp davon – im Galopp eines Einhorns, mit dem er in unserer Welt binnen weniger Augenblicke außer Sichtweite gewesen wäre. Doch nun passierte etwas sehr Seltsames. Alle anderen begannen zu rennen und stellten staunend fest, dass sie mit ihm Schritt halten konnten; nicht nur die Hunde und die Menschen, sondern sogar der dicke kleine Dussel und der Zwerg Poggin mit seinen kurzen Beinen. Die Luft wehte ihnen ins Gesicht, als führen sie in einem schnellen Auto ohne Windschutzscheibe. Das Land flog an ihnen vorbei, als sähen sie es durch die Fenster eines Schnellzuges. Immer schneller und schneller rannten sie, und doch wurden sie nicht müde und gerieten nicht ins Schwitzen oder außer Atem.

Abschied von den Schattenlanden

Könnte man rennen, ohne müde zu werden, so würde man, glaube ich, nicht oft etwas anderes tun wollen. Aber manchmal kann es besondere Gründe geben, um stehen zu bleiben, und es war ein besonderer Grund, aus dem Eustace plötzlich rief: »He! Wartet! Schaut mal, wo wir hinkommen!«

Und tatsächlich: Vor sich sahen sie nun den Kesselteich und jenseits davon die hohen, unbezwingbaren Klippen, über die sich mit Tausenden von Tonnen Wasser in jeder Sekunde, funkelnd wie Diamanten an manchen Stellen und dunkelgrün wie Flaschenglas an anderen, der Große Wasserfall ergoss. Sein Donnern drang schon in ihre Ohren.

»Bleibt nicht stehen! Weiter hinauf und weiter hinein«, rief Weitsicht und flog ein wenig höher.

»Der hat gut reden«, sagte Eustace, doch auch Saphir rief: »Bleibt nicht stehen. Weiter hinauf und weiter hinein! Lasst euch davon nicht aufhalten.«

Seine Stimme war über dem Dröhnen des Wassers kaum noch zu hören; doch im nächsten Moment sahen alle, dass er in den Teich gesprungen war. Und Hals über Kopf, mit einem Platscher nach dem anderen, taten die anderen es ihm nach. Das Wasser war nicht beißend kalt, wie alle (und besonders Dussel) es erwartet hatten, sondern es hatte eine köstliche, schaumige Kühle. Unversehens schwammen sie alle direkt auf den Wasserfall selbst zu.

»Das ist absolut verrückt«, sagte Eustace zu Edmund.

»Ich weiß. Und trotzdem …«

»Ist das nicht herrlich?«, sagte Lucy. »Habt ihr schon gemerkt, dass man sich nicht fürchten kann, selbst wenn man will? Versucht es mal.«

»Menschenskind, es geht tatsächlich nicht«, sagte Eustace, nachdem er es versucht hatte.

Saphir erreichte den Fuß des Wasserfalls als Erster, doch Tirian war gleich hinter ihm. Jill kam als Letzte, sodass sie das Ganze besser sehen konnte als die anderen. Sie sah etwas Weißes, das sich stetig den Wasserfall hinaufbewegte. Dieses Weiße war das Einhorn. Ob es schwamm oder kletterte, war nicht zu erkennen, aber es bewegte sich unaufhaltsam immer höher. Die Spitze seines Horns teilte das Wasser über seinem Kopf, sodass es in zwei regenbogenfarbenen Kaskaden um seine Schultern strömte. Gleich hinter ihm kam König Tirian. Er bewegte die Beine und Arme wie beim Schwimmen, doch er bewegte sich senkrecht nach oben, als könnte man an einer Hauswand hinaufschwimmen.

Am lustigsten sahen die Hunde aus. Während des Galopps waren sie überhaupt nicht außer Atem gewesen, doch als sie sich nun nach oben wimmelten und wanden, gab es ein mächtiges Gepruste und Geniese unter ihnen. Das lag daran, dass sie nicht aufhören wollten zu bellen, und jedes Mal, wenn sie bellten, bekamen sie Wasser in die Mäuler und Nasen. Doch bevor Jill Zeit fand, das alles richtig wahrzunehmen, war sie selbst dabei, den Wasserfall zu erklimmen. So etwas wäre in unserer Welt völlig unmöglich gewesen. Selbst wenn man nicht ertrunken wäre, wäre man von der schrecklichen Masse des Wassers an den unzähligen Felsvorsprüngen zerschmettert worden. Doch in jener

Welt konnte man es schaffen. Man schwamm einfach weiter, immer hinauf, während alle möglichen Lichtspiegelungen auf dem Wasser einen anblitzten und Steine in allen Farben darunter hervorschimmerten, bis es einem vorkam, als steige man durch pures Licht hinauf – höher und immer höher, bis allein die Höhe einen in Angst und Schrecken versetzt hätte, wenn man noch Angst und Schrecken hätte empfinden können, aber so war es einfach nur herrlich aufregend. Und dann endlich kam man zu der wunderschönen, glatten grünen Biegung, wo das Wasser sich über den Klippenrand ergoss, und man fand sich oben auf dem ebenen Fluss oberhalb des Wasserfalls wieder. Die Strömung jagte hinter einem dahin, aber man war ein so großartiger Schwimmer, dass man auch gegen sie vorwärtskam. Bald darauf hatten sie alle das Ufer erreicht, tropfnass, aber glücklich.

Ein lang gestrecktes Tal öffnete sich vor ihnen, und vor dem Himmel ragten, jetzt schon viel näher, die gewaltigen schneebedeckten Berge auf.

»Weiter hinauf und weiter hinein!«, rief Saphir, und sogleich waren sie wieder auf und davon.

Jetzt hatten sie Narnia hinter sich gelassen und waren oben in der Westlichen Wildnis, die weder Tirian noch Peter noch selbst der Adler je zuvor gesehen hatten. Doch Lord Digory und Lady Polly waren schon dort gewesen. »Weißt du noch? Weißt du noch?«, sagten sie immerzu – und sie sagten es mit fester Stimme, ohne zu keuchen, obwohl die ganze Schar nun schneller rannte, als ein Pfeil fliegen kann.

»Wie, Herr?«, fragte Tirian. »Ist es denn wahr, was die Geschichten erzählen, dass Ihr beide an dem Tag, an dem die Welt erschaffen wurde, hierhergekommen seid?«

»Ja«, sagte Digory, »und mir erscheint es, als wäre es erst gestern gewesen.«

»Und auf einem geflügelten Pferd?«, fragte Tirian. »Auch das ist wahr?«

»Gewiss«, sagte Digory.

Doch die Hunde bellten: »Schneller, schneller!«

Und so rannten sie schneller und schneller, bis sie mehr flogen als rannten und selbst der Adler oben nicht schneller vorankam als sie. Und sie liefen durch ein gewundenes Tal nach dem anderen und steile Hänge hinauf und, schneller denn je, auf der anderen Seite wieder hinunter, folgten dem Fluss und überquerten ihn manchmal und fegten über Bergseen hinweg, als wären sie lebendige Schnellboote, bis sie schließlich am anderen Ende eines lang gestreckten Sees, der blau wie ein Türkis aussah, einen glatten grünen Hügel erblickten. Seine Hänge waren so steil wie die Seiten einer Pyramide, und um seine Kuppe zog sich eine grüne Mauer; doch über die Mauer erhoben sich die Äste von Bäumen, deren Blätter wie Silber und deren Früchte wie Gold aussahen.

»Weiter hinauf und weiter hinein!«, brüllte das Einhorn und niemand verlangsamte seinen Schritt. Sie stürmten geradewegs auf den Fuß des Hügels zu und rannten ihn dann hinauf, fast wie das Wasser eines Wellenbrechers draußen an der Spitze einer Bucht an einem Felsen emporströmt. Obwohl der Hang fast so steil war wie ein Hausdach und das Gras so glatt wie ein Bowlingrasen, glitt niemand aus.

Erst als sie die Kuppe erreicht hatten, hielten sie inne; und nur deshalb, weil sie vor einem großen goldenen Tor standen. Im ersten Moment war keiner von ihnen so kühn zu versuchen, ob sich das Tor öffnen ließe. Sie alle hatten wieder dasselbe Gefühl wie zuvor bei den Früchten. »Dürfen wir? Ist das in Ordnung? Kann das für *uns* bestimmt sein?«

Doch während sie noch unschlüssig dort standen, wurde irgendwo im Innern jenes eingefriedeten Gartens ein mächtiges Horn geblasen, wunderbar laut und lieblich, und die Torflügel schwangen auf.

Mit angehaltenem Atem stand Tirian da und fragte sich, wer wohl herauskommen würde. Was dann kam, war das Letzte, was er erwartet hätte: Eine kleine Sprechende Maus mit glänzendem Fell und funkelnden Augen, mit einer roten Feder, die in einem Reif um ihren Kopf steckte, die linke Pfote auf einem langen Schwert ruhend. Sie vollführte eine höchst elegante Verbeugung und sagte mit schriller Stimme: »Willkommen im Namen des Löwen. Kommt weiter herauf und weiter herein.«

Dann sah Tirian König Peter und König Edmund und Königin Lucy vorwärtsstürmen und niederknien und die Maus begrüßen; sie alle zugleich riefen: »Riepischiep!« Und Tirian atmete rascher vor lauter Staunen, denn nun wusste er, dass er einen der großen Helden Narnias vor sich hatte, den Mäuserich Riepischiep, der in der großen Schlacht von Beruna gekämpft hatte und später mit König Kaspian dem Seefahrer bis ans Ende der Welt gesegelt war. Doch bevor er dazu kam, darüber nachzudenken, spürte er, wie zwei starke Arme sich um ihn legten, und fühlte einen bärtigen Kuss auf seinen Wangen und hörte eine wohlbekannte Stimme sagen: »Na, Junge? Du bist kräftiger und größer geworden, seit ich dich das letzte Mal im Arm hatte!«

Es war sein eigener Vater, der gute König Erlian; doch nicht so, wie Tirian ihn zuletzt gesehen hatte, als man ihn bleich und verwundet von seinem Kampf mit dem Riesen nach Hause getragen hatte; nicht einmal so, wie Tirian ihn aus seinen letzten Jahren in Erinnerung hatte, als er ein grauköpfiger Krieger gewesen war. Dies war sein Vater, jung und frohgemut, wie er sich nur noch ganz fern aus frühesten Tagen an ihn erinnerte, als er selbst ein kleiner Junge gewesen war, der mit seinem Vater an Sommerabenden vor dem Schlafengehen im Schlossgarten von Cair Paravel spielte. Jetzt fiel ihm sogar wieder der Geruch des Breis aus Brot und Milch ein, den er immer zu Abend gegessen hatte.

Saphir dachte bei sich: »Ich lasse sie erst einmal ein wenig reden und dann gehe ich hin und begrüße den guten König Erlian. Er hat mir so manchen leuchtenden Apfel gegeben, als ich noch ein Fohlen war.« Doch im nächsten Moment nahm etwas anderes seine Gedanken in Beschlag, denn aus dem Tor kam ein Pferd, so mächtig und edel, dass selbst ein Einhorn in seiner Gegenwart Scheu empfinden mochte: ein großes Ross mit mächtigen Schwingen. Einen Moment lang sah es Lord Digory und Lady Polly an, dann wieherte es: »Hallo, Vettern!«, und die beiden riefen: »Fittich! Guter alter Fittich!« und rannten zu ihm, um ihn zu küssen.

Doch nun begann die Maus erneut, sie zum Hereinkommen zu drängen. So traten sie alle durch die goldenen Torflügel ein in den köstlichen Duft, der ihnen aus dem Garten entgegenwehte, und in das kühle Gemisch aus Sonnenlicht und Schatten unter den Bäumen, und schritten über die federnde Erde, die überall von weißen Blüten übersät war. Als Allererstes fiel jedem von ihnen auf, dass der Garten viel größer war, als es von außen geschienen hatte. Doch niemand fand Zeit, darüber nachzudenken, denn von allen Seiten kamen Leute herbei, um die Neuankömmlinge zu begrüßen.

Jeder, von dem man je gehört hatte (wenn man die Geschichte dieser Länder kannte), schien dort zu sein.

Glimmfeder die Eule und Puddelglum der Marschwiggel waren da und König Rilian der Entzauberte, seine Mutter, die Sternentochter, und sein großer Vater Kaspian selbst. Und dicht neben ihm waren Lord Drinian und Lord Berne und Trumpkin der Zwerg und der brave Dachs Trüffeljäger mit dem Zentauren Talsturm und hundert anderen Helden des großen Befreiungskrieges. Dann kamen aus einer anderen Richtung Cor, der König von Archenland, mit seinem Vater König Lune und seiner Frau Königin Aravis und dem tapferen Prinzen Corin Donnerfaust, seinem Bruder, und dem Hengst Bree und der Stute Hwin. Und dann – das war das Wunder über alle Wunder für Tirian – kamen aus noch fernerer Vergangenheit die beiden braven Biber und Tumnus der Faun. Und man begrüßte und küsste sich und schüttelte Hände und wärmte alte Witze wieder auf (ihr ahnt ja nicht, wie gut sich ein alter Witz anhört, wenn man ihn nach fünf- oder sechshundert Jahren Ruhe wieder hervorholt), und die ganze Gesellschaft ging weiter in die Mitte des Obstgartens, wo der Phönix in einem Baum saß und auf sie alle herabsah. Am Fuß jenes Baumes standen zwei Throne, und auf diesen beiden Thronen saßen ein König und eine Königin, so prächtig und schön, dass alle sich vor ihnen verneigten. Und daran taten sie recht, denn diese beiden waren König Frank und Königin Helen, von denen all die ältesten Könige von Narnia und Archenland abstammten. Und Tirian fühlte sich, wie ihr euch fühlen würdet, wenn man euch vor Adam und Eva in ihrer ganzen Herrlichkeit führen würde.

Etwa eine halbe Stunde später – vielleicht war es auch ein halbes Jahrhundert, denn die Zeit dort ist anders als die Zeit hier – stand Lucy bei ihrem lieben Freund, ihrem ältesten Freund in Narnia, dem Faun

Tumnus, blickte über die Mauer jenes Gartens hinab und sah ganz Narnia vor sich ausgebreitet. Wenn man jedoch hinabschaute, stellte man fest, dass dieser Hügel viel höher war, als man gedacht hatte. Glänzende Klippen fielen von ihm Tausende Fuß hinab, und die Bäume in jener tiefer gelegenen Welt sahen nicht größer aus als Salzkörner. Dann drehte sie sich wieder um und kehrte der Mauer den Rücken zu und betrachtete den Garten.

»Ach so«, sagte sie schließlich nachdenklich. »Jetzt verstehe ich. Dieser Garten ist wie der Stall. Er ist innen viel größer, als er von außen war.«

»Natürlich, Evastochter«, sagte der Faun. »Je weiter hinauf und weiter hinein man geht, desto größer wird alles. Das Innere ist größer als das Äußere.«

Lucy betrachtete den Garten genau und sah jetzt, dass er eigentlich gar kein Garten war, sondern eine ganze Welt mit ihren eigenen Flüssen und Wäldern, mit Meer und Bergen. Aber sie waren ihr nicht fremd; sie kannte sie alle.

»Jetzt verstehe ich«, sagte sie. »Dies hier ist immer noch Narnia, und es ist noch wirklicher und noch schöner als das Narnia dort unten, so wie jenes Narnia wirklicher und schöner war als das Narnia außerhalb der Stalltür! Jetzt verstehe ich … eine Welt in der anderen, ein Narnia im anderen …«

»Ja«, sagte Herr Tumnus, »wie eine Zwiebel; nur ist, wenn man immer weiter nach innen geht, jede Schale größer als die vorige.«

Und Lucy schaute in diese Richtung und in jene und merkte bald, dass etwas Neues, Herrliches mit ihr geschehen war. Was immer sie ansah, wie weit entfernt es auch sein mochte, sobald sie ihren Blick fest darauf richtete, wurde es ganz deutlich und nah, als betrachte sie es durch ein Teleskop. Sie konnte die ganze südliche Wüste sehen und dahinter die große Stadt Tashbaan; im Osten erkannte sie Cair Paravel am Rande des Meeres und sogar das Fenster des Zimmers, das einst ihr eigenes gewesen war.

Und weit draußen auf dem Meer konnte sie die Inseln ausmachen, eine Insel nach der anderen bis ans Ende der Welt, und jenseits des Endes den riesigen Berg, den sie Aslans Land genannt hatten. Nun jedoch sah sie, dass er nur Teil einer gewaltigen Bergkette war, die sich um die ganze Welt herumzog. Sie schien direkt vor ihr ziemlich nahe heranzukommen.

Dann schaute sie nach links und sah etwas, was sie zuerst für eine große, in leuchtenden Farben erstrahlende Wolkenbank hielt, die durch eine Kluft von ihnen getrennt war. Sie schaute genauer hin und sah, dass es gar keine Wolke war, sondern ein richtiges Land. Und als sie ihren Blick auf einen bestimmten Punkt darauf richtete, rief sie sogleich: »Peter! Edmund! Kommt und seht! Kommt schnell!« Und sie kamen und schauten hin, denn auch ihre Augen waren jetzt so wie Lucys.

»Na, so was!«, rief Peter aus. »Das ist ja England. Und da ist sogar das Haus – Professor Kirkes altes Haus auf dem Land, wo all unsere Abenteuer angefangen haben!«

»Ich dachte, das Haus wäre abgerissen worden«, sagte Edmund.

»Ist es auch«, sagte der Faun. »Aber was ihr jetzt seht, ist das England innerhalb von England, das wirkliche England, so wie dies hier das wirkliche Narnia ist. Und in jenem inneren England wird nichts Gutes zerstört.«

Plötzlich wanderte ihr Blick zu einer anderen Stelle, und da stockte Peter und Edmund und Lucy vor Staunen der Atem und sie riefen laut und begannen zu winken; denn dort sahen sie ihren Vater und ihre Mutter, die über das große, tiefe Tal hinweg ihnen zurückwinkten. Es war so, wie wenn Leute einem vom Deck eines großen Schiffes aus zuwinken, wenn man auf dem Kai wartet, um sie zu empfangen.

»Wie können wir zu ihnen kommen?«, fragte Lucy.

»Ganz einfach«, erwiderte Herr Tumnus. »Jenes Land und dieses Land – alle *wirklichen* Länder – sind bloß Ausläufer von Aslans großem Gebirge. Wir müssen nur auf dem Kamm entlanggehen, aufwärts und einwärts, bis sie aufeinandertreffen. Und horcht! Das ist König Franks Horn; wir müssen alle hinaufgehen.«

Kurz darauf wanderten sie alle zusammen in einem großen, prächtigen Zug hinauf zu Bergen, so hoch, dass man sie in unserer Welt gar nicht mehr sehen könnte, selbst wenn es sie gäbe. Doch auf diesen Bergen lag kein Schnee; es gab Wälder und grüne Hänge und liebliche Obstgärten und funkelnde Wasserfälle, einer über dem anderen, die sich unendlich weit hinauf erstreckten. Und der Bergkamm, auf dem sie gingen, wurde immer schmaler, auf jeder Seite von einem tiefen Tal begrenzt, und jenseits dieses Tales kam das Land, das das wirkliche England war, näher und näher.

Das Licht vor ihnen wurde stärker. Lucy sah, dass eine große Kette von vielfarbigen Klippen vor ihnen hinaufführte wie eine Riesentreppe. Und dann vergaß sie alles andere, denn Aslan selbst erschien und sprang von Klippe zu Klippe auf sie zu wie ein lebendiger Wasserfall der Kraft und der Schönheit.

Und die allerersten Person, die Aslan zu sich rief, war der Esel Dussel. Nie sah man einen Esel so jämmerlich und dumm dreinschauen wie Dussel, als er auf Aslan zutrottete, und neben Aslan sah er so klein aus wie ein

Kätzchen neben einem Bernhardiner. Der Löwe neigte sein Haupt hinab und flüsterte Dussel etwas zu, worauf seine langen Ohren herabsanken. Doch dann sagte er noch etwas, worauf sich die Ohren wieder aufrichteten. Was er sagte, konnten die Menschen beide Male nicht hören. Dann wandte sich Aslan zu ihnen und sagte: »Ihr seht noch nicht so fröhlich aus, wie ich es euch zugedacht habe.«

Lucy sagte: »Wir haben solche Angst, wieder weggeschickt zu werden, Aslan. Und du hast uns schon so oft zurück in unsere eigene Welt geschickt.«

»Keine Angst«, erwiderte Aslan. »Habt ihr es nicht erraten?«

Ihre Herzen taten einen Sprung und eine wilde Hoffnung stieg in ihnen auf.

»Es hat wirklich ein Eisenbahnunglück gegeben«, sagte Aslan leise. »Euer Vater und eure Mutter und ihr alle seid – so habt ihr es jedenfalls in den Schattenlanden immer genannt – tot. Die Schule ist aus; die Ferien haben begonnen. Der Traum ist vorüber; das ist der Morgen.«

Und als er das sagte, sah er für sie nicht mehr wie ein Löwe aus; doch das, was von da an geschah, war zu großartig und wunderbar, als dass ich darüber schreiben könnte. Für uns ist dies nun das Ende all der Geschichten, und wir können im wahrsten Sinne sagen, dass sie alle glücklich lebten bis in alle Ewigkeit. Doch für sie war es nur der Anfang der eigentlichen Geschichte. Ihr ganzes Leben in dieser Welt und all ihre Abenteuer in Narnia waren nur der Umschlag und die Titelseite gewesen; nun endlich fingen sie mit dem ersten Kapitel der großen Geschichte an, die noch niemand auf der Erde gelesen hat; die immer weiter und weiter geht und in der auf jedes Kapitel immer noch ein besseres folgt.

C. S. Lewis
Die Chroniken von Narnia
Gesamtausgabe im Schuber

1308 Seiten
Taschenbücher im Schuber
ISBN 978-3-7641-7025-7

Die Gesamtausgabe im Schuber

Diese attraktive Gesamtausgabe vereint alle sieben Bände in einem schönen Taschenbuch-Schuber. Perfekt für Fans, Sammler und alle, die vollständig in die magische Welt hinter dem Kleiderschrank eintauchen möchten.

www.ueberreuter.de
www.facebook.com/UeberreuterBerlin

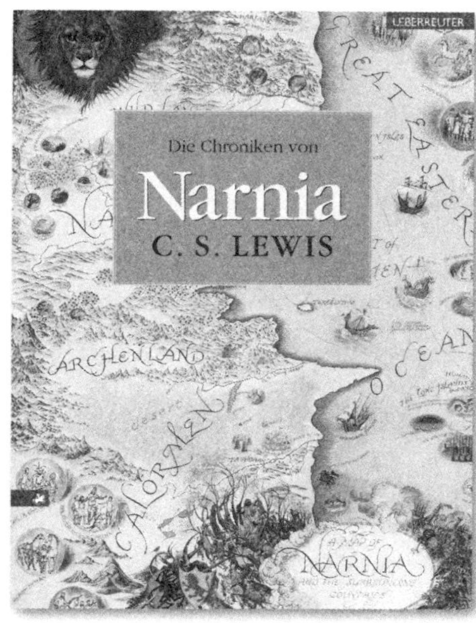

C. S. Lewis
Die Chroniken von Narnia
Illustrierte Gesamtausgabe

528 Seiten
Hardcover
ISBN 978-3-8000-5186-1

Die illustrierte Gesamtausgabe

Seit mehr als 50 Jahren begeistert das magische Land Narnia Millionen von Lesern weltweit. Jetzt liegt erstmals der prachtvolle Sammelband mit den Illustrationen der Erstausgabe vor. Ein zauberhaftes Lesevergnügen gerade auch für die Kleineren. Willkommen in einer Welt, in der es mehr sprechende Tiere als Menschen gibt und wo Kämpfe von Zwergen, Faunen, Riesen und Zentauren ausgefochten werden.

www.ueberreuter.de
www.facebook.com/UeberreuterBerlin

LESEPROBE

»Märchenmond« von Wolfgang und Heike Hohlbein

Kims Herz hämmerte. In seinem Mund war ein bitterer metallischer Geschmack und sein Schlafanzug klebte in großen, feuchten Flecken an Brust und Rücken.

Er schüttelte den Kopf und schluckte ein paarmal, um den bitteren Geschmack im Mund loszuwerden.

Das Haus war vollkommen ruhig. Der Mond war weitergewandert und schien jetzt nicht mehr ins Zimmer herein. Draußen vor dem Fenster herrschte tiefschwarze Nacht.

Plötzlich hörte Kim ein leises, knarrendes Geräusch.

Sein Herz schien mit einem schmerzhaften Schlag bis in den Hals hinaufzuhüpfen und er hatte das Gefühl, als führe ihm eine eisige, elektrisierende Hand über den Rücken.

Das Geräusch wiederholte sich, dann noch einmal und immer wieder. Er kannte dieses Geräusch. Es war das Knarren und Quietschen des Schaukelstuhles neben seinem Bett!

Langsam, mit klopfendem Herzen öffnete er die Augen, starrte zur Decke hinauf und ließ den Blick dann vorsichtig an der Wand herabwandern. Er spürte plötzlich, dass außer ihm noch jemand im Zimmer war!

Für einen Augenblick presste er die Lider zusammen, sammelte all seinen Mut und zwang sich dann, die Wand hinter seinem Bett anzusehen.

Auf der weißen Raufasertapete war deutlich der Schatten des hin- und herschwingenden Schaukelstuhles zu erkennen. Und in ihm saß der Schatten eines Mannes!

Kim fuhr mit einem leisen Schrei herum, setzte sich vollends auf und presste den Rücken dicht gegen die Wand. Der Schaukelstuhl bewegte sich sacht vor und zurück und darin saß ein weißhaariger, bärtiger alter Mann, der Kim aus dunklen Augen ansah. Es war der Alte, den er an diesem Tag schon zweimal gesehen hatte.

Kim schluckte. Er rang nach Luft und presste die Hände flach gegen die Wand in seinem Rücken, um ihr Zittern zu verbergen.

»Wer … wer sind Sie?«, fragte er heiser. Er hatte Mühe, die Worte hervorzustoßen.

Der Alte lächelte wieder dieses seltsame Lächeln, bei dem sich kein Muskel in seinem Gesicht regte.

»Du kennst mich«, sagte er ruhig. Seine Stimme war tief und durchdringend. Sie passte zu ihm. Kim hätte sich keine andere Stimme für ihn vorstellen können. Commander Arcana musste eine solche Stimme haben, dachte er.

»Ich … ich glaube, ich habe Sie schon einmal gesehen«, antwortete er zögernd.

»Zweimal«, verbesserte ihn der Alte. »Zuerst im Krankenhaus, als du deine Schwester besucht hast, und später noch einmal auf der Straße. Erinnerst du dich nicht mehr?«

»Doch.« Kim nickte. »Sie … Sie kennen Rebekka?«, fragte er verwundert.

Ein belustigtes Lächeln glitt über das Gesicht des alten Mannes. Er hörte auf zu schaukeln, richtete sich gerade auf und strich sich mit der Linken über den Bart.

»Natürlich kenne ich deine Schwester, Kim«, sagte er. »Und ich kenne auch dich. Deine kleine Schwester hat viel von dir erzählt.«

»Sie … wieso … ich meine …«, stotterte Kim verwirrt.

»Ich kenne euch beide«, nickte der alte Mann. »Ich kenne auch deine Eltern und deine Tante Birgit, aber sie kennen mich nicht. Leider, möchte ich sagen. Aber tu mir den Gefallen und hör endlich auf, mich ›Sie‹ zu nennen. Wir sind doch Freunde, oder?«

Kim nickte lebhaft. »Natürlich, wenn Sie … wenn du nichts dagegen hast. Aber wie soll ich dich nennen?«

»Nenne mich, wie du willst«, antwortete der Alte. »Arcana vielleicht. Ich glaube, dieser Name würde dir gefallen.« Arcana? Kim überlegte. Commander Arcana war größer als dieser alte Mann, jünger und stärker, und während die Züge des Alten Güte und Weisheit prägten, dominierte im Gesicht von Commander Arcana Kraft und Entschlossenheit. Er schüttelte den Kopf. »Du bist nicht Commander Arcana«, sagte er bestimmt.

Der Alte schmunzelte. »Doch, Kim, das bin ich. Ich bin Commander Arcana, aber auch Gandalf, Merlin und der Mann im Mond, wenn du es so willst. Man hat mir viele Namen gegeben und mir ist jeder recht.« Als er die Ratlosigkeit in Kims Gesicht sah, schüttelte er leicht den Kopf und fügte hinzu: »Wenn du möchtest, nenne mich Themistokles. So hat mich deine Schwester immer genannt.«

»Themistokles?« Kim legte den Kopf schief und musterte sein Gegenüber. Der Name passte, fand er. »Gut. Aber wieso hat dich meine Schwester so genannt? Kennt sie dich denn?«

»Selbstverständlich«, sagte Themistokles. »Deine Schwester und ich sind gute Freunde.« Er hob beschwichtigend die Hand. »Gemach, Kim, gemach«, sagte er. »Wir haben zwar nicht viel Zeit, aber ich werde dir alles erklären. Ich bin gekommen, um dich um Hilfe zu bitten.«

»Mich?«, fragte Kim zweifelnd. Was in aller Welt mochte es geben, bei dem er, ein kleiner, schwacher Junge, einem so klugen Mann wie Themistokles helfen konnte? Themistokles lächelte, als hätte er seine Gedanken gelesen. »Es gibt etwas, Kim«, sagte er leise. »Etwas, wobei nur du helfen kannst. Oder um es anders auszudrücken: Es gibt jemanden, dem nur du helfen kannst und sonst niemand. Nicht einmal ich. Deiner Schwester!«

»Rebekka?«, stieß Kim hervor.

Themistokles nickte.

»Aber … woher kennst du Rebekka überhaupt?«

»Ich kenne sie schon lange«, erklärte Themistokles. »Sie hat mich oft besucht, dort, wo ich lebe. Sie hat viele Freunde drüben. In Wahrheit«, fügte er nachdenklich hinzu, »hat jeder sie gern. Um so wichtiger ist es, dass du uns hilfst.« Kim schüttelte verwirrt den Kopf. »Aber ich … ich verstehe nicht«, sagte er. »Wo ist das, wo du herkommst? Und wie könnte ich dir helfen?«

»Wo ich herkomme?« Themistokles nickte wieder. Er schien überhaupt jeden Satz mit einem Nicken zu beenden. »Das Land, woher ich komme, heißt Märchenmond.«

»Märchenmond?«

»Der Name, den ihm deine Schwester gab. Er hat uns so gut gefallen, dass wir ihn übernommen haben.«

»Und Märchenmond ist …«

»Ein Land, ein Reich, eine Welt – wie du möchtest, Kim. Deine Schwester war oft drüben und wir haben immer gehofft, dass sie dich eines Tages mitbringen würde. Wir haben gerne Besuch, weißt du.« Er seufzte und fuhr sich mit gespreizten Fingern durch den Bart. »Aber leider ist jetzt etwas geschehen, was niemand voraussehen konnte. Und deswegen bin ich hier.«

Kim rutschte ein Stück in seinem Bett herunter, zog die Beine an den Körper und umschlang mit den Armen beide Knie. Sein Blick hing wie hypnotisiert an Themistokles' Gesicht.

»Für deine Schwester ist Märchenmond ein Land voller Freunde, voll Spaß und lustiger Spiele«, erklärte Themistokles ernst. »Aber Märchenmond ist auch ein Stück von eurer Welt. Es gibt Gutes und Böses dort, und wenn wir bisher auch stärker waren und das Böse unter Kontrolle halten konnten, so ist es doch da. Deine Schwester ist oft allein in Märchenmond spazieren gegangen und nie ist ihr etwas zugestoßen. Wir beobachten die bösen Mächte ständig, weißt du. Aber deine Schwester drang zu tief in den Wald vor, so tief, dass wir nicht mehr auf sie achthaben konnten. Wir bewachen unsere Grenzen scharf, aber es gibt Pfade und Wege über das Schattengebirge …«

»Schattengebirge?«

»Die Grenze unseres Landes. Es sind Berge, höher als der Mond, deren Schatten so tief sind, dass nichts Lebendes sie durchdringen kann. Aber es gibt Wege hinüber, die nicht einmal wir kennen. Und deine Schwester hat einen solchen Weg entdeckt. Sie ging hinüber.«

»Und dann?«, fragte Kim atemlos.

Themistokles schwieg einen Moment und sah ihn durchdringend an. »Sie wurde gefangen. Boraas, der Herr der Schatten, sperrte sie in eines seiner Verliese.«

Kim fuhr auf. »Aber ihr …«, rief er aufgeregt, »ihr müsst sie befreien.«

»Das geht nicht, Kim«, sagte Themistokles traurig. »Kein Bewohner Märchenmonds kann das Reich der Schatten betreten ohne selbst zum Schatten zu werden. Glaube mir, ich selbst hätte gern mein Leben geopfert, um deine Schwester zu befreien, aber es ist unmöglich. Ich würde Boraas' Macht nur stärken, wenn ich es versuchte. Ich glaube sogar, dass er deine Schwester nur gefangen hält, um mich und vielleicht ganz Märchenmond zu vernichten.«

»Und du glaubst, dass … dass ich hinübergehen könnte, ohne zum Schatten zu werden?«

Themistokles nickte. »Ja, Kim, jeder Bewohner eurer Welt kann sich im Reich der Schatten frei bewegen. Auch du.« Kim überlegte einen Moment, schlug dann die Decke zurück und sprang mit einem Satz aus dem Bett.

»Worauf warten wir noch?«, fragte er. »Gehen wir!« Themistokles rührte sich nicht. »Ich wusste, dass du deiner Schwester helfen würdest«, sagte er. »Aber ich muss dich warnen. Es könnte gefährlich werden.«

»Das macht nichts«, sagte Kim.

»Sehr gefährlich. Vielleicht ...« Themistokles sah an Kim vorbei in die Richtung, in der jenseits der Wand Rebekkas Zimmer lag. »Vielleicht kommst du nie mehr zurück«, fuhr er fort. »Vielleicht wirst du selbst gefangen. Boraas ist ein mächtiger, böser Zauberer. Seine Macht ist der meinen vollkommen ebenbürtig.«

»Das macht nichts«, wiederholte Kim. »Ich habe keine Angst. Dieser niederträchtige Kerl wird noch den Tag verfluchen, an dem er Rebekka gefangen genommen hat.«

Themistokles erhob sich. Er deutete zur Tür. »Nun gut. Wenn es dein fester Wille ist, dann folge mir.«

Kim folgte ihm. Im Treppenhaus brannte kein Licht, trotzdem konnte Kim sehen, als hätte er plötzlich Katzenaugen. Themistokles ging vor ihm die Treppe hinab. In der Diele blieb er stehen und öffnete lautlos die Wohnzimmertür.

»Du bist wirklich entschlossen?«

Kim nickte fest.

»So sei es denn.«

Themistokles durchquerte mit schnellen Schritten das Wohnzimmer und hielt vor der altmodischen Standuhr an. Kim fiel auf, dass sich das Pendel der Uhr nicht mehr bewegte. Jedoch das Uhrwerk tickte weiter.

»Es gibt noch viel, was ich dir erklären muss«, sagte Themistokles. »Aber die Zeit läuft uns davon. Ich werde drüben auf dich warten.« Er öffnete die Tür des Gehäuses, trat hinein und war verschwunden.

Kim rieb sich verwundert die Augen. Zögernd streckte er die Hand aus, berührte das stillstehende Pendel und stieß schließlich mit den Fingerspitzen gegen das harte Holz der Rückwand.

»Nein, Kim«, wisperte Themistokles' Stimme in seinem Kopf. »Dieser Weg nach Märchenmond ist dir versperrt.«

»Aber wie ...«

»Jeder Mensch kennt den Weg zu uns«, fuhr Themistokles

fort. »Aber jeder muss seinen eigenen Weg gehen. Auch du. Finde ihn. Du kannst es. Beeil dich. Ich warte auf dich.«

Die Stimme verklang und im gleichen Augenblick begann das Uhrpendel wieder zu schwingen.

Kim schloss die Tür des Gehäuses, blieb einen Moment unschlüssig stehen und ging dann in die Diele hinaus. Durch die Milchglasscheibe der Haustür drang mildes, weißes Licht herein. Er drückte die Klinke herunter, trat auf die Treppenstufen hinaus und zog die Tür leise hinter sich ins Schloss.

Die Viper stand direkt vor dem Haus, in der Mitte der Straße. Die schmalen Flügelspitzen reichten bis an den Vorgarten seines eigenen und den des gegenüberliegenden Hauses und der schlanke Rumpf schien vor mühsam beherrschter Erregung zu pulsieren.

Kim lief die Stufen hinunter, strich sich mit der Hand über die glatte, dunkelbraune Lederuniform, die seinen Körper wie eine zweite Haut umspannte, und stand auch schon neben der Maschine. Seine Hand drückte die verborgene Sensortaste neben der schmalen Metallleiter, die zum Cockpit hinaufführte. Leises Summen ertönte, als die gläserne Pilotenkanzel nach oben schwang. Kim kletterte die Leiter hinauf, ließ sich in den weichen Kontursessel fallen und griff nach den Anschnallgurten. Die Kanzel schloss sich automatisch wieder, als der Verschluss einrastete. Gleichzeitig flammte die Instrumentenbeleuchtung auf und tauchte die Kabine in mildes, grünes Licht.

Kim griff nach dem Helm, setzte ihn auf und klappte das Visier herunter. Seine Finger tasteten zielsicher über die komplizierte Anordnung von Knöpfen, Instrumenten und Reglern vor sich, legten Schalter auf Schalter um und erweckten die komplizierte Technik der Viper Stück für Stück zum Leben.

Sanftes Vibrieren lief durch den deltaförmigen Raumjäger. Im Zentrum des halbrunden Steuerknüppels begann ein winziges rotes Licht zu flackern. Kim streckte die Hand nach dem

Hebel aus, holte noch einmal tief Luft und drückte dann mit einer entschlossenen Bewegung den Startknopf.

Die beiden Staustrahltriebwerke der Viper sprangen brüllend an. Ein berstender, vielfach gebrochener Donnerschlag brachte die Fensterscheiben in weitem Umkreis zum Klirren. Kims Finger griffen nach dem Beschleunigungshebel. Die Nachbrenner zündeten mit dumpfem Röhren. Gleißendes Licht brach aus den Raketendüsen der Viper und tauchte die Häuser rechts und links der Straße in unerträgliche Helligkeit. Die Viper setzte sich dröhnend in Bewegung, zog dicht über die Hausdächer hinweg und stieg dann, von einem hell lodernden Feuerstrahl getragen, zu den Sternen empor.

Wolfgang und Heike Hohlbein
Märchenmond

416 Seiten
Taschenbuch
ISBN 978-3-7641-7091-2

Ein Klassiker der Fantasyliteratur

Seit Tagen liegt Kims Schwester bewusstlos im Krankenhaus. Die Ärzte sind ratlos. Da erscheint der Magier Themistokles bei Kim und offenbart ihm, wie er seiner Schwester helfen kann. Kim muss ins Land Märchenmond reisen, wo Boraas, der Herr des Schattenreichs, Rebekkas Seele gefangen hält. Auf seinem gefährlichen Weg gewinnt Kim viele Freunde und dennoch scheint der Sieg von Boraas' Schwarzen Rittern unabwendbar ...